ONE PIECE novel A《エース》

1

スペード海賊団結成篇

尾田栄一郎
ひなたしょう

小説… JUMP j BOOKS

ONE PIECE novel A エース

1

スペード海賊団
結成篇

Contents

プロローグ

父親は、すでにこの世にいなかった。
我《わ》が子が生まれる前に、海軍の手によって処刑されたからだ。
残されたのは、母親となった女性と、そのお腹《なか》の中の子供のみ。
父親のことは、誰にも知られてはならない。
お腹の子を守るため、彼女は生まれ故郷に身を隠した。
そうして、誰にも知られることなく、ひっそりと新《あら》たな命が産まれた。

〝南の海《サウスブルー》〟・バテリラ。
なんという運命の悪戯《いたずら》だろうか。
この島で、彼女は海賊王の血を引く子を産んだ。

第1話

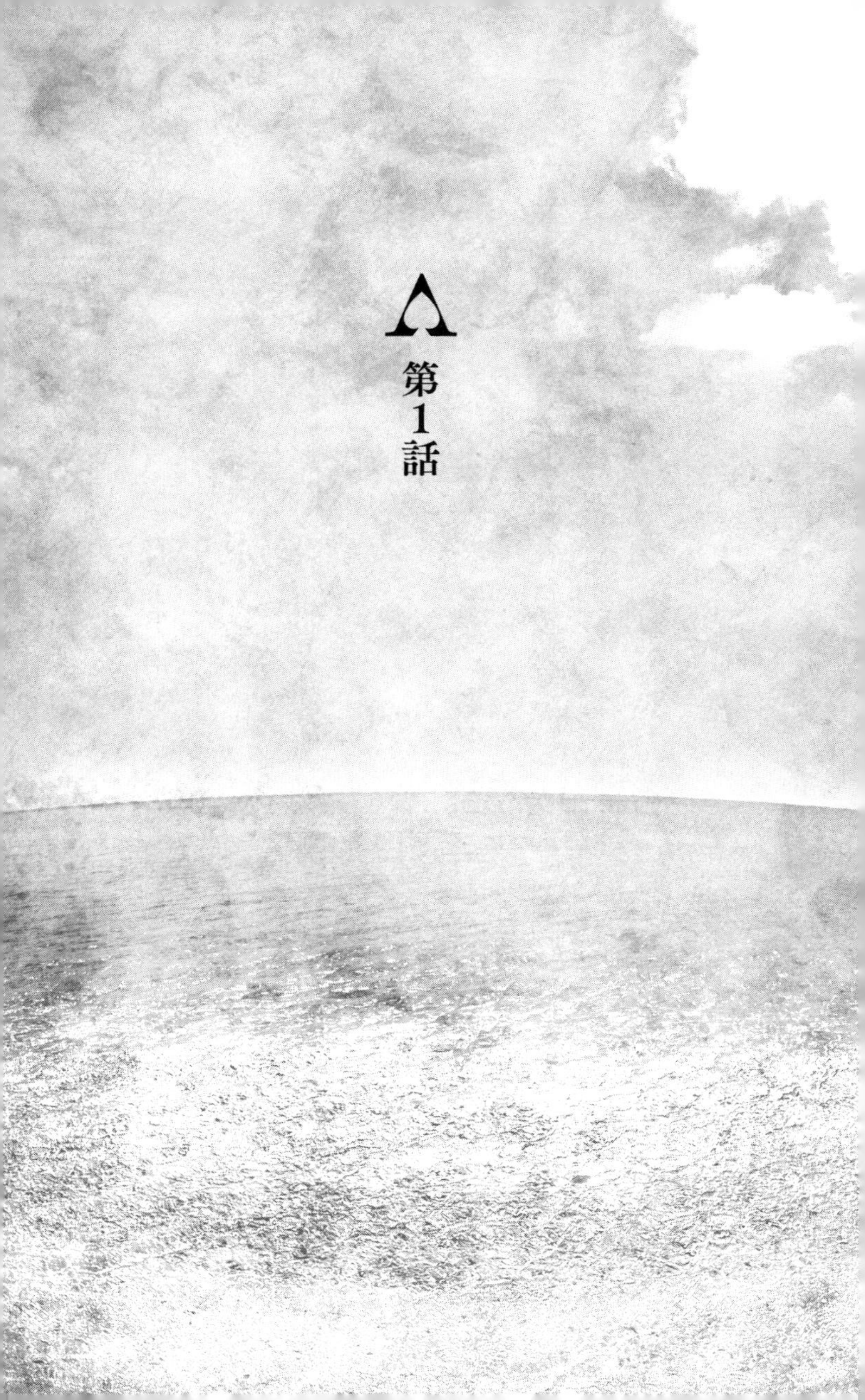

レールの敷《し》かれた人生というやつから脱線したので、海の上を行くことにした。どこまでも続く青い海こそ、自分が真に生きる世界だと思ったからだ。

そこはまさに、幼き頃より憧《あこが》れた冒険記の世界。本を手に、ただ眺《なが》めていることしかできなかった夢の世界。そんな世界に、今のおれはいた。

ヤシの木がある無人島。照りつける太陽。白い砂浜。空《から》っぽの胃袋。そのすべてが現実だった。静かな波の音だけが、穏《おだ》やかに時を刻《きざ》んでいく。まるで物語にでも出てきそうな美しい島では、今日も海鳥の声がやかましい。

おれには、いつか冒険記を書いてみたいという子供の頃からの夢があった。やるなら『ブラッグメン』のような本にしたいと考えている。おれの一番好きな本だ。

大昔の探検家が記《しる》した日誌をまとめた本で、巨人が住むという島〝リトルガーデン〞のエピソードなんかが有名だ。

載《の》っている話はみんな嘘《うそ》っぱちだなんて世の大人《おとな》たちはバカにするが、おれは子供心にこう思っていたものだ。

なぜそうと決めつけるのか、と。

おれは、誰かの意見ではなく、自分の目で見て確認したい。自分の目で確かめるまで、決めつけるつもりはない。そういう人間でありたい。

そしてその想《おも》いは、今でも変わっていなかった。たとえ流れ着いた島が、脱出不可能といわれている無人島であっても、だ。

〝東の海《イーストブルー》〞。美しすぎる島・シクシス。

天国に一番近い島。誰かがそんなことを言っていた。それはなぜか。一度足を踏み入れたら最後、死んでも出られない島だからだ。

見つめる先、エメラルドグリーンに輝く遠浅の海の向こうには、特殊な海流があった。近づく者を島へと引きずり込むものだ。それはさながら、海のアリ地獄。これのせいで島に入った者はみな、強制的に人生最後のバカンスを楽しむはめになるというわけだ。

ふう、とため息をついて、おれはヤシの木陰《こかげ》に腰を下ろした。ぼんやりと海を眺める。島に来てすでに三日が経《た》とうとしていた。人生最悪のバカンスだった。

海風が、やさしく頬《ほお》をなでていく。それとは裏腹に、むせかえるような潮《しお》の匂《にお》いがひどく現実的なのは、となりに先客である白骨死体が座っているからか。

服装から察するに、どうやら海賊のようだった。きれいに肉のなくなった手には、錆《さ》びの浮いたピストルが握《にぎ》られ、指には豪華な指輪がキラリ。むなしいものだ。武器も宝石も、あの世には持っていけない。

死んで残るは骨のみか……。

「お互い、災難だったな……」

なにとはなしに、そうつぶやく。こうでもしないと、自分の声を忘れてしまいそうだったからだ。それに近い将来、自分も同じ姿になることを考えたら、ねぎらいの言葉のひとつくらい……。

「バカか、おれは……」

ヤシにもたれかかって、目を閉じる。渇《かわ》いた喉《のど》を、むりやり唾液《だえき》で湿らせる。無意識のうちに、自分がもう助からないということを前提にして考えていた。よくない兆候だ。

「せめて墓でも建ててやろうぜ。おれも手伝うからよ」

「墓か……。そうだな……そうしよう……」

白骨死体も、野ざらしのままではさすがに可哀想《かわいそう》だ。墓を建てて供養してやろう。誰だか知らないが、いいことを言う。

おれは再《ふたた》び唾液で喉を潤《うるお》した。とにかく喉がカラカラだった。

早く水を探さなくてはならない。もう丸二日くらいは水も飲んでいなかった。もたれかかっているこのヤシの木に、実があればよかった。そんなことを思う。奥の森にサルでもいるのか。それとも季節柄《きせつがら》なのか。残念ながらヤシの実はひとつも見当たらない。

相《あい》も変わらずけたたましい海鳥の声。寄せては返す波の音に耳を澄ます。海水ならば、いくらでもあるというのに……。

「誰だ今のっ⁉」

はっと目を開くと、おれは勢いよく身を起こした。つい先ほど、人っ子ひとりいないはずの無人島で、ふつうに会話をしたような気がしたからだ。

すると――

さくっ、と砂を踏む音がした。光沢《こうたく》のある黒のブーツ。目の前に、ひとりの男が立っていた。きらきらと輝く海を背にした男の姿は、まるで後光が差しているかのようだった。

「あっ、どうもはじめまして」

目が合うと、男が律儀《りちぎ》にもお辞儀をした。無人島には似つかわしくない挨拶《あいさつ》だった。

「おれの名はエース。浜辺を散策しているところだ。よろしく」

人懐《ひとなつ》こそうな笑顔を浮かべて、男が名乗った。木洩《こも》れ日《び》の中、オレンジ色の帽子がまぶしい。目を細めながら見上げていると、男が無造作《むぞうさ》に腰を下ろした。男の首もとで、深紅《しんく》の首飾りが静かに揺れた。

目線の高さが同じになってはじめて気づく。そばかすのある若い男だ。おそらく、同じような年頃。男の引《ひ》き締《し》まった身体《からだ》には、冒険記と波の音がよく似合うように思えた。

これが、ポートガス・D・エースとの出会いだった。

おれは無言のままだった。驚きのあまりただただ目を丸くしていた。不運にも漂着した無人島で、まさか人と出会うことになるとは。目の前の男の姿をひと目見た瞬間から、すでに脳内には『救援』という単語が浮かび上がっていた。

エースと名乗った男――いや、救世主が、おもむろに口を開いた。

「突然ですまねェが、船が壊れちまったんだ。助けてくれ」

「同じ境遇のやつじゃねェかっ！」

あああああああっ、とおれは頭を抱《かか》えて叫んでいた。

この広い世界、広い海で、奇《く》しくも同じとき、同じ無人島に漂着するやつがいるものなのか。それはどのくらいの確率なのだろう。腹の足《た》しにもならないクソみたいな奇跡を目《ま》の当《あ》たりにしてしまった。

そのまま、おれは力なく答える。

「……この前の嵐でおれの船も壊れてね。荷物もほとんど、船ごとデービー・ジョーンズに寄附《きふ》してやった。嵐の中、突如《とつじょ》として善行を積んでみたくなったもんでな」

カサカサになった唇《くちびる》が割れて血が滲《にじ》んだ。人と会話するのはひさしぶりだ。

ちなみに、デービー・ジョーンズというのは昔の海賊のことだ。悪魔に呪《のろ》われて今でも海の底で生きているという伝説がある。だから海に沈んだものは、船も財宝もすべて彼のものというわけだ。もちろん、本当に生きていると思っているやつは誰もいない。伝説とはそういうものだ。というか、もしご存命であるのなら、あれは寄附ではなく事故なのでどうか返してはもらえないだろうか。

「そうか……。まァ、お互い災難だったたな……」

そう言って、エースが陽気に笑った。漂流者のわりには、ずいぶんへらへらしている。

そんなエースの様子《ようす》に、気づけばおれは苛立《いらだ》ちを覚えていた。この状況でよく笑っていられるなという気持ちがひとつと、おれが白骨死体に向けて言ったのと同じセリフをおれに言うのはやめてくれねェかという気持ちも無論あった。

いや、無理もないか。瞬時にそう考え直す。この男は、きっとこの島の恐ろしさをまだなにもわかっていないのだろう。遭難初心者なのだ。遭難初心者とはなんなのか。飢《う》えと渇きのせいか、思考がわけのわからないことになりつつあった。

「おれァ……ここに来て三日だ……」

静かに、だが力強くそうつぶやく。

どうだと、おれは三日間生き延びているんだぞと。お前に真似《まね》できるかと。ある意味では胸を張って自慢しているかのような、そんな気持ちが入《い》り交《ま》じっての言葉だった。

「おれは六日目だ。おれの勝ちだな」

「えええええっ⁉」

エースの言葉に、思わず声が出た。おれよりやべェやつだった。

「いや、そんなことよりだな……。いかだを造《つく》っているんだが、どうにもうまくいかねェんだ。協力して、いっしょに船を造らないか？」

嬉々《きき》とした表情で、エースがそんな話を持ちかけてきた。エースはすでに二、三度、即席のいかだを造り島からの脱出を試みていたらしい。ひとりではうまくいかず途方に暮れていたところ、おれを発見したというわけだ。

——ふたりで協力して船を造る……。

一見すると、魅力的な提案。しかしそれは、会ったばかりのよく知りもしない人間を信用して、運命をともにしようということに他ならない。

単純に考えれば、人手は多いほうがいいに決まっている。しかし今は状況が違う。ここは無人島だ。あらゆるものに限りがある。自分ひとりですら生き延びることが難しいこの場所で、大の男ふたり。ふたり分の水。ふたり分の食料。ふたりが乗れるだけの大きさの船。これらを用意しなくてはならないというのか。馬鹿げている。

食料がもし、ひとり分しか見つからなかったら？

それを会ったばかりの男と分け合うというのか？　いや、分け合うという選択ができるならまだマシな部類だろう。どちらかがそれを独占したら？　協力しようだなどと調子のいいことを言っておいて、土壇場で裏切ったら？

極限状態でなくとも、人は裏切る。ましてや、生きるか死ぬかの無人島。他に誰も見ていない。そんな状況で、果たして目の前の人間を信用できるのだろうか。

だから、おれは協力などしない。仲間なんぞいらない。海へ出たそのときから、誰にも頼らずひとりで生きていこうと決めたのだ。そうすれば、人に裏切られなくて済《す》む。

思えばはじめてエースの姿を見たとき、声をかけられた瞬間、どこかで期待してしまった自分がいた。情けない。まだ心のどこかに甘えがあったのだ。

助けに来てくれたと、そう思った。そう思ってしまった。

そんなことあるはずないのに。

急速に冷めていく感情。自分の人生であるはずなのに、どこか他人事《ひとごと》のようにそれを見ている自分がいる。こんなおれでも、いざ無人島にひとりきりとなれば、やはり人と会えて嬉《うれ》しかったのだろう。舞い上がっていたのだ。

が、それも束《つか》の間《ま》の話。仲間なんて、ひとりでは感じぬ孤独が、より色濃く感じられるようになるだけのものだ。けっきょく、誰かと向き合えば、そこがどこであろうと、どんな状況であろうと、自分の心の内のむなしさと否応《いやおう》なく向き合うはめになるのだ。

「そういや、まだ名前を聞いていなかったな」

出会ってまだ、せいぜい数分だというのに、エースはすでに勝手に打ち解《うちと》けている様子だった。たまったもんじゃない。おれは自分の名前を名乗ることと、馴《な》れ馴《な》れしく自分の名前を訊《き》かれることが昔から大嫌いなのだ。

「お前に名乗る名前なんかねェよ……」

ぽつりと、そうつぶやく。おれが信用もしていない初対面の相手に本名を名乗るわけもない。ひとりで生きていくと決めたその日から、おれは自分の名前を捨てていた。

「なんでだよ？　おれたちもう友達だろ」

エースがそんなことを言う。おれたちはいつ友達になったのだろう。

「なあ、名前くらい教えろって」

「うるせェな……。そうだな、ペンネームでいいなら、いくらでも教えてやるぜ？」

押しの強いエースを前に、ふとそんなことを口走っていた。

「ペンネーム……？」

「エースってのはイイ名前だよな。いずれ冒険記を書くときに、使わせてもらおうか」

それは、思わず口を突いて出た言葉。なんだか不思議な気分だった。話の流れではあったが、こんな場所、こんな状況で、ふいに出てきた言葉が子供の頃からの夢とは……。

名前を使わせてもらうというおれの反応に、エースは表情を曇《くも》らせた。

「おい待てよ。おれの名だぞ」

「だからペンネームだと言っている。おれがなんと名乗ろうが関係ないだろう？」

「やめろよ。おれはこの名で高みを目指《めざ》しているんだ。真似すんじゃやねェ」

『高み』と、エースは言った。それだけでエースという男がどのような輩《やから》なのか、ある程度は想像できた。そして、おそらくこの島に流れ着いた理由も。

「宝は、見つかったか？」

話の流れを無視して問うと、すぐに食いついてきた。

「なんか知ってんのか？」

「いや……噂《うわさ》だけな……」

「すげェ財宝には強《つぇ》ェ海賊が付きもんだ。そう考えてここまで来たんだがな。船は失うわ宝は見つからないわでさんざんだ。賞金首もいねェし、おまけに出られねェときた。ろくな島じゃねェなここは」

口ぶりから察するに、誰も見つけたことのない伝説の財宝を見つけるなり、名のある海賊を討《う》ち取《と》るなりして、己《おのれ》の名を上げてやろうとでも考えていたのだろう。そんなありふれた野心のためだけに、こんな島に流れ着いてしまうとは……。

美しい見た目からか、昔からこの島には宝があるという言い伝えがあった。地元の船乗りの間では有名な話だ。ただ、誰も島には近づかない。当然だ。なにせ、入ったら最後、出られないのだから。仮に本当に宝があったとしても、だ。

そもそも宝だなんだというのは、船乗りたちのよくある噂話にすぎない。だいたい誰も島の中がどうなっているのかわからないのだ。ただただ遠目で見ていることしかできない美しい島を指して、あることないこと言っているだけなのだ。

誰から聞いたのか、エースはそんな噂話を真《ま》に受けて、わざわざこの島に入ってきたのだ。野心で身を滅《ほろ》ぼすタイプだ。なおさら、協力して生き延びることは無理に思えた。

「そうだ、お前デュースにしろよ！」

突然、エースが声をあげた。

「ペンネーム。な？　デュースにしろ。エースに響きも似てるしな」

「あ？　なんだデュースって……？」

デュース。カードやサイコロの二のことだろうか？　意味は確か『バッドラック』。

今のおれの状況にぴったりってわけだ。皮肉めいてて悪くはねェ名前だが……。

念のため、おれはエースに訊《たず》ねてみた。

「お前、デュースの意味って知ってるか……？」

「知らねェ。でも、響きが似てるだろ？」

あっけらかんとした様子で、そんな回答が。たぶん本当に知らないのだろう。

真剣な表情で、エースがひとり満足そうに頷《うなず》いた。

「残念ながらエースはおれの名だ。おれの名は渡せねェ。だからお前のペンネームはデュースがいいとおれは思う。響きも似てるしな」

「響き響きうるせェなさっきから！」

「だってよ、お前全然名乗らねェじゃねェか。おまけに勝手におれの名を名乗ろうとするしよ。同じ無人島にエースがふたりいたらどっちがどっちだかわからなくなるだろうが。考えてもみろよ。ふたりきりのこの島で、エースであるはずのおれが、お前のことをエースって呼んでいたら、じゃあ一体おれは誰になるんだよ！」

「いや、エース……だろ……？　それに、おれァ、いつか使うペンネームの話をしていたのであって、べつに今すぐなにがなんでもエースって名乗りたいわけじゃ……」

「だいたいな、呼ぶとき不便なんだよ。これからお前のことデュースって呼ぶからな！」

いいな？　と念を押される。不本意ではあるが、好きにしたらいい。もとより馴れ合うつもりなどないのだから。

「でだ、さっそくなんだがデュース。さっきからずっと気になってたんだが……」

エースが身を乗り出すようにして、おれの顔をまじまじと見つめる。

「あんたのふるさとじゃ、みんなそれ着けてんのか？　それとも、祭りかなにかか？」

と、エースがおれの顔——正確にはおれの目を隠している仮面に言及《げんきゅう》した。

「あっ、もしかして触れちゃまずかったか？」

ついでに、そんな気遣《きづか》いも付け足してくる。最初の自己紹介といい、見かけによらずどこか礼儀正しい男だった。が、そんな心配は無用だ。おれは名を捨てたのと同じように、海に出て以降、あえて自分の顔も隠すようにしていた。

「いや、好きで着けているものだ……」

「へー、じゃあマスクド・デュースにしよう。そのコートもそれっぽいしな。うん、悪くねェ響きだ」

「妙な名前で呼ぶんじゃねェよ！」

ひとり満足そうに頷いているエースに、おれはため息をついた。どうもペースを狂わされていけない。このエースという男、他にはない独特の空気を持っている。

そもそも、おれが仮面を着けているのは、この手のわけのわからない連中に素性《すじよう》を知られたくないからだった。顔さえ知られていなければ、トラブルを回避しやすいのだ。

「いいか。おれは海へ出ると決めたそのときからこうして仮面を着けている。こうすればたとえ海軍に目を付けられたとしても正体がわからねェってわけだ。合理的だろ？」

言い方を変えれば、これはある種の決意表明でもあった。

ひとり海で生きていくために、おれは本当の名前も素顔も、陸《おか》に捨ててきたのだ。そうしてはじめて、おれは自分が生きていることを実感したのだ。出来の悪い医学生は、もういない。そのことに後悔はなかった。もとより、陸におれの居場所などなかったからだ。

優秀な医者である父親と、同じく優秀な医者になった兄。優秀でなかったおれだけが、家族の中で異質な存在だった。

父親はおれと会うたびに「私に恥をかかせるな」とだけ言った。その言葉以外で、父親の声を聞いたことがないというくらい、くり返しそう言われた。

優秀な兄とはいつもくらべられた。そんな兄からは、まるでいないもののように扱《あつか》われていた。避けられ、徹底的に無視されていた。

友人たちからは、本当に兄弟なのかとよくからかわれた。兄も、そのように言われていたことで腹を立て、おれを避けていたのだろう。

そしてこの友人たちもまた、いっしょにいると自分たちまでバカだと思われると、おれを避けた。近づいてくるのはからかいの言葉を投げかけるときのみだ。今にして思えば、友人だと思っていたのはおれのほうだけだったのだろう。

あそこには、おれの居場所はなかった。いてもいなくても、変わらない。そんなどうでもいい存在だった。まあ、よくある話だ。

ただ、それがたとえどこの世界にもよくある、ありふれたつまらない話だったとしても、おれがそのつまらない話の主人公であることに変わりはない。だったら、せめて自分の気持ちにくらいは正直に生きてみても罰《ばち》は当たらないはずだ。

ふるさとでの日々は、毎日が同じことのくり返しだった。しだいに、今のおれは本当のおれじゃない、という愚《おろ》かな考えだけが強くなっていった。おれは、本当の自分になりたい。本当の自分の人生というやつを生きてみたい。むなしさを抱える日々のなか、なにとはなしに手にしたのが『ブラッグメン』だった。

読み終わった途端、突如として海の鮮《あざ》やかさが目に飛び込んできた。まるで海の向こう側にだけ色が付いているかのような衝撃的な体験をおれは味わった。

その瞬間、おれは自分が本当の自分であることに気づいた。今が人生の本番なのだと悟《さと》った。そうと決まれば、全力だ。

がむしゃらに生きて、死にもの狂いで前に進まねばならない。倒れたら、泥水を啜《すす》ってでも立ち上がろうと、そう決意した。そしてそのために必要だったのが、この仮面だ。

　仮面は、おれがおれであるために必要なものなのだ。

「合理的かどうかはわからねーが、おれは男なら堂々と顔をさらして名を上げるべきだと思うぜ？　つーか、そうする以外考えられねェな」

　そんなエースの言葉で、過去を思い出していたおれは、はっと我に返る。ふるさとを飛び出してきたのが、もうずいぶんと昔のことのように感じられた。

「おれはべつに賞金首になりたいわけじゃねェ。ただ冒険をしてェ。それだけだ」

「にしてもだ、わざわざ名前も顔も隠すことはないんじゃねェか？」

「お前にはわかんねェだろうがな、おれの元いた場所じゃあ、自由を求めて海に出る人間はバカにされるもんなんだよ。海賊も賞金首も冒険家も、いっしょくたにされてな。身内にそんな落ちこぼれがいるとわかった日にゃ、家族まで石を投げつけられてもおかしくねェんだ」

「なるほどねェ……。そうか！」

なにかに気づいたらしく、エースの表情が、ぱっと明るくなる。

「お前、家族のことが好きなんだな」

「……は？」

「故郷に残してきた家族に迷惑をかけたくないって、そう思っているんじゃねェか？」

エースの唐突《とうとつ》な物言いに、おれは思わず声を荒《あら》らげた。

「好きなわけねェだろ！　いや、嫌いだね。大嫌いだ！　だからおれァ、ここにいる！」

「そうか？　おっかしーなあ。そうだと思ったんだが……」

ツヤのある黒髪をわしゃわしゃとやりながら、エースが難しい顔をする。

「そんなわけ、ねェだろ……」

図星なのか。そんなはずはない。だが、おれはそれ以上なにも言い返せなかった。

「家族といやあ、おれには弟がいてな。まァ、血は繋《つな》がっちゃいねェんだが……」

そう言うと、エースは視線を沖へと向けた。

「サルみたいにうるせェやつでな。いっしょにいたときはあまり意識しなかったんだが、こうしていざ離れてひとりになってみると、案外さみしいもんだな……」

へへへ、とエースの口もとがゆるむ。血が繋がっていない弟。それが、エースの家族。

エースは血の繋がっていない家族を想い、幸せそうだった。

そんなエースの様子に、おれは羨《うらや》ましさと同時に、苛立ちを覚えていた。生まれ故郷を離れても、おれにはさみしいという感情がまるでなかったからだ。

エースとおれとは同じくらいの年頃だというのに、どうしてここまで違うのだろうか。


――お前と血が繋がっていると思うと、恥ずかしい。

いつもはおれを無視する兄から、唯一《ゆいいつ》言われた言葉がこれだ。今でもはっきりと脳裏《のうり》に焼き付いているその言葉を思い出し、おれは拳《こぶし》を強く握りしめた。

「いいよなお前は……。帰れる場所があって……」

気づくと、そんなことを言っていた。そのまま、ひとりごちるかのように続ける。

「なんでこんなとこに来てんだよ。弟のとこに帰ればいいじゃねェかよ……！」

「お、おい。急にどうした……？」

「おれはお前とは違うんだよ！　帰りてェ場所があるんなら幸せじゃねェか！」

勢いよく立ち上がる。脚《あし》がふらついた。

「帰る場所があって、血は繋がってなくても心で繋がってるいい弟がいて、さぞかし幸せな野郎だなァ。ええ、おい？　大好きな父ちゃんと母ちゃんも、きっと今頃心配して待っていてくれるってわけだ。恵まれてんだよてめェは！」

怒《いか》りにまかせて、そんな言葉を吐《は》く。そのまま立ち去ろうと背を向けた。

すると――

「母親は、もういねェ……」

ぽつりと、エースがつぶやいた。今までとは打って変わって、沈んだ声だった。

思わず足が止まる。無論よくないことを言ってしまったという自覚はあった。が、そうは思っていても、もはや引き下がれなかった。

「父親は？　父親はどうなんだよ？　ああ？」

振り返り、訊ねる。父親という単語を出した途端、なぜかエースの目が泳いだ。

「父親も、いねェ……！」

やはり、よくなかった。場が気まずい空気に包まれる。しかし、そんな居心地の悪さも相まって、おれは言《い》い訳《わけ》がましく畳《たた》みかけた。

「おれの父親は、おれと会うたびに『私に恥をかかせるな』としか言わねェ。それとくらべりゃあ、あんたンところのは幾分《いくぶん》マシだったはずだ。だったら、いないならいないで、もうそれでいいじゃねェか。幸せな思い出だけ残っているってんのなら——」

そこまで言いかけて、おれはためらった。エースがおれを、じっと見つめていた。

そしてエースは、少しだけ逡巡《しゅんじゅん》するような素振《そぶ》りを見せてから、口を開いた。

「幸せな思い出なんかねェよ……。おれは母親の顔すら知らねェ。そしておれの父親は、ろくでもない人間だった。早い話が、犯罪者だ……」

「犯罪者っつったって、もう死んでんだろ。お前に罪があるわけでもなんでもねェのに、なんなんだよその辛気《しんき》くさい顔は。そんなもん、たいした悩みじゃねェんだよ！」

沈黙。なおも暗い表情のままのエースに、おれはまくしたてる。

「どうせたいした悪党でもねェんだろうが！　自意識過剰《かじょう》なんだよ！　そこらのちゃちな犯罪者のことなんざ誰も気にしちゃいねェ！　それどころかお前のことなんぞ、みんないちいち考えてもいねェだろうよ！　そりゃあ、犯罪者は犯罪者でもたとえば親が海賊王だっていうんなら悩むのもわかるぜ？　そいつは最悪だよな。死にたくなるぜ。けどお前はそうじゃねェだろう？　なあ？　勝手に悲劇の主人公を気取っているんじゃ……」

そこまで言って、おれは思わず言葉を失った。

エースは、口を真一文字《まいちもんじ》に引き結んで、じっと砂浜を見つめていた。

「いや……おい、待て、やめろよ……。なんだよその反応……？」

異様な雰囲気《ふんいき》だった。むりやり浮かべた乾《かわ》いた笑いも、無意味だった。

「嘘……だろ……？」

エースが目を閉じた。そうして、少しだけ首を横に振った。

「ろ、ロジャーなのか……？　あのロジャーだっていうのか……？　海賊王の……？」

瞬間――

エースが、黙って首肯《しゅこう》した。

すでに太陽は傾き、空の向こうが赤く染まりかけていた。無言のままのエース。

あれほどまでにやかましかった海鳥は、いつの間《ま》にか鳴きやんでいた。波の音だけが、よく聞こえる。この島が、こんなにも静かだったとは思わなかった。

おれはエースの顔をまじまじと見つめていた。

海賊王ゴールド・ロジャー。

犯罪者なんてものじゃない。それは、世界中の誰もがその名を知る伝説の悪党の名。

かつて、〝偉大なる航路《グランドライン》〟を制覇《せいは》し、〝ひとつなぎの大秘宝《ワンピース》〟を手にしたといわれる海賊だ。

彼の処刑に端を発して、世界が一変したと言っても過言ではない。

ロジャー以前と、ロジャー以後。

世の中にそんな考え方が根付いてしまうほど、絶大なる影響力を持っていた男だ。多くの市井《しせい》の人々から恐れられ、海軍や世界政府からは危険視され、そして、そのどちらにも属さないならず者たちの手によって神格化された存在。それがロジャーという男だ。

正直な話、おれから言わせれば物語に出てくる伝説の怪物のような存在。その男の息子《むすこ》が、血の繋がった実の子が、今おれの目の前にいるエースだというのか。にわかには信じられないような話。ろくに水も食料も入手できぬ無人島に漂着しているような状況でなければ、ただの与太話と笑い飛ばしていたところだ。だが、これは……。

極限状態における飢えと渇き。こんなときに、人間はその本性《ほんしょう》が出る。ふだんではしないような発言や行動をするようになる。先ほどまでのおれが、そうであったように。

おれもエースも、もはや嘘はつけない。

とてもじゃないが、つけるような状態ではなかった。

依然として無言のままのエースは、このとき一体なにを考えていたのだろうか。

それは後悔の念だったのかもしれない。自分の出生の秘密を漏《も》らしてしまったことに対する後悔。しかしそれこそが、極限状態において自分の心の奥底から出た本当の――

「くそっ……」

まとまらない考えに舌打ちをして、おれは再びエースに背を向けた。

「あっ、な、なあ、いっしょに船……」

「もう話しかけてくんな……。おれァ、ハナから手伝うつもりはねェんだ……」

仲間なんていらねェんだよと捨《す》て台詞《ぜりふ》を残して、砂を踏みしめる。

気まずい空気を抱えたまま、おれはその場をあとにした。

脱出の準備をするにしても、まずは当面の水と食料が必要だった。それに、たとえ島から出られたとしても、海の上で餓死《がし》してしまっては意味がない。

ひとりで船を造るエースを尻目《しりめ》に、おれは島内を歩き回り水や食料を集めていた。といっても、唯一手に入ったまともな食料は海鳥の卵くらいなもので、慢性的な飢えを満たすことは到底できなかった。空を舞う海鳥が、都合よくおれの頭上で天寿を全《まっと》うして落ちてきてくれればいいのにと、何度もそんな荒唐無稽《こうとうむけい》なことを考えていた。

島には森もあったが、食べられそうな獣《けもの》や木の実は見当たらなかった。鳥とは違うなにかの声は聞こえるが、姿は確認できない。地面を掘り芋《いも》のような物体を見つけたが、どうやら毒があるらしく、少し齧《かじ》っただけで舌が痺《しび》れ唇が腫《は》れ上《あ》がった。

また、森にいるアリは凶暴で、巣に近づいただけで襲われた。

全身に集《たか》られ、服の中に入り込まれ、何度も嚙《か》まれた。腹立ちまぎれに、手のひらにまとわりついたアリをむさぼり食う。酸《す》っぱかった。そして、空腹は癒《い》えない。

頭に思い浮かんでくるのは、食べ物のことばかりだった。

しかも、こんなときに限ってなぜか好物ではなく、満ち足りた日常においてはあまり意識することのないありふれたものばかりなのだ。ふだんならなんとも思わなかった食べ物の群れが、つぎつぎと浮かんでは消えていく。

満腹になって残した食べ物や、子供の頃こっそりと捨てた苦手な食べ物の数々も、ふとした瞬間に思い出された。あれが今、目の前にありさえすれば……。

この島を脱出したら最初にあれを食べよう。つぎにあれを食べよう。そのつぎはこれ。さらにそのつぎはこれも食べよう。そうだ、もう一度、あれも食べたい……。

なにかに取《と》り憑《つ》かれたかのように、おれは一日中そんなことを考えていた。

水に関しては、少しだけ——といっても本当に少しだけだが、まだ救いがあった。

浜辺の先にある切り立った崖《がけ》。その岩肌《いわはだ》が湿っていることに気づいたのだ。

最初は海水かと思ったが、舐《な》めてみると真水だった。雨水なのか、それとも湧《わ》き水《みず》か。なんにせよ、真水が岩肌を伝って滴《したた》り落《お》ちていたのだ。

おれは空《から》になった瓶《びん》を岩に固定し、岩肌を伝う水を集めた。服の切れ端をこよりのようにして紐《ひも》状にすると、岩肌に張りつけその先端を瓶の口へと差し込んだ。

紐状にした切れ端を伝って、一滴、また一滴と瓶の底に水が溜《た》まっていく。

丸一日かけても集まる水はせいぜい二、三口ほどだったが、それで渇きを癒やしていた。

日付の感覚は、すぐに失われた。

ふるさとにいた頃は、もしも無人島に行ったら、よく冒険記で見かけるように、壁に棒線を描いて日数を数えようなどと無邪気《むじゃき》にも考えていた。

が、実際はそんなことをする気さえ起きなかった。

生きるのに、あまりにも忙しすぎたからだ。

水と食料を集めようとさまよっているだけで、一日が終わった。さまよっていればそれだけ喉が渇き腹が減った。なにもしないでいても、喉が渇き腹が減った。

夜の寒さと、吹きつける海風から身を守る必要もあった。

食料を探しながら木の枝や葉を集め、シェルターをつくった。それと並行して、やがて島を脱出するための船に使用する材料も集めなければならなかった。

とにかく、やることが多すぎた。

気づけば陽《ひ》が昇《のぼ》り、すぐに落ちていった。そして夜だけが異様に長く感じられた。シェルターの中、疲れきった身体を丸めてうとうとしていると、夜になり勢いを増した海風の音に起こされた。うとうとするたびに、強い海風がおれを起こす。ひと晩中、ずっとそれをくり返していた。誰かがおれを眠らせないために、わざとうとうとした瞬間に風を吹かせているのだと思ったほどだ。

そして、はっと覚醒《かくせい》するたびに、おれはいつも「寒《さみ》ィ……」とつぶやいた。なかば無意識に出てくる言葉だった。それというのも、連日のように格闘したものの、おれはついぞ火を起こすことができなかったのだ。

やり方が悪かったのか、島にある木々が火起こしに向いていなかったのか、あるいはその両方か。火がないまま何度も夜を越えていかなければならなかった。

夜の海辺は寒かった。かといって、星明かりも届かぬ夜の森の中には、例の凶暴なアリがいて、とてもじゃないが眠れるような状況ではなかった。

ロングコートに包んだ身を縮《ちぢ》こまらせながら、おれは口癖のように「寒ィ……」とつぶやき続けた。無意識に発した自分の声に驚いて目を覚ましたくらいだった。

皮肉なものだと思う。

幼い頃から本で読み憧れ夢見ていたような、まさに物語にでも出てきそうな美しい無人島におれはいた。そこで、こうして今、死にかけている。

夢と現実は大違いというわけか……。

おれのサバイバルはうまくいかず、エースの船造りもうまくいっていないようだった。


昼過ぎ。浜辺を歩いていると、エースが今まさに海へと繰《く》り出《だ》そうとしているところに出会《でくわ》した。これで何度目の挑戦になるのだろうか。

エースが造ったのは、船というより、死者を冒瀆《ぼうとく》する棺桶《かんおけ》と表現したほうがしっくりくるような代物《しろもの》だった。それに乗って、颯爽《さっそう》と沖へ出ていく。

しばらく見ていると、船ごと海中に引きずりこまれて姿が見えなくなった。そしてすぐに、船を失いずぶ濡《ぬ》れとなったエースが帰ってきた。

「こんなとこで、終わるわけにはいかねェんだよ……！」

ぼやきながら、エースはとぼとぼと去っていった。最初に出会った頃の明るい様子とは打って変わって、だいぶ悲壮感にあふれていた。

おれもまた、エースが去ったのとは反対方向にとぼとぼと歩きはじめた。今日も、生きるために水と食料を確保しなければならなかった。

腹が鳴った。

自分ではあまり意識していなかったが、顔も身体も、だいぶやつれてきているはずだ。

と、そこでおれは気づく。だいぶ悲壮感にあふれてはいたが、エースがそれほどやつれているようには見えなかったことに。

思わず振り返る。すでにエースの姿はない。

おれは砂浜に続くエースの足跡を追いかけてみることにした。

思えば、自分が生き延びるのに精一杯《せいいっぱい》で、エースが船を造る以外にどこでなにをしているのか、よく知らないままだった。

足取りは重かった。まともに歩くことすらできないほどに疲弊《ひへい》していた。ふらふらになりながらも進んでいくと、ようやくエースの背中が見えてきた。

近くの木陰に隠れ、その様子を窺《うかが》う。

つぎの瞬間――「あっ」と、おれは思わず声をあげそうになった。

おれに背を向け浜辺に立《た》ち尽《つ》くすエース。どこで見つけてきたのか、驚くべきことに、その手にはまるまるとした大きな果実があった。

遠目からも鮮やかに熟した様子のその実に、喉が鳴る。

「あいつ、どこであんなものを……。くそっ、ずっとあの実を食べていたのか……!」

すでに口の中では、唾液があふれて止まらなくなっていた。空っぽの胃が、飢えを満たせと音を立てる。エースが手にしている果実に、おれの目は釘付《くぎづ》けとなった。

そんなとき、ふいに脳裏をよぎったのは、出会った日のあの出来事だった。

父親が海賊王。エースは確かに頷いた。沈黙で答えた。極悪人《ごくあくにん》の息子だと。多くの人々に恐れられ処刑された男の実の息子だと。エースは大罪人の忘《わす》れ形《がた》見《み》なのだ。

そんなやつが平然と、飢えも渇きもせずに生きている。こんなことがあっていいのだろうか。

そのときすでに、おれはエースからなにがなんでもあの実を奪おうと決意していた。

手近にあった太めの木の枝を、ぎゅっと握りしめる。

そうして、極限状態の脳で考える。理由を。そうだ、おれの生まれた場所で、海賊と冒険家がいっしょくたにされてバカにされるようになったのは、そもそもロジャーの悪名《あくみょう》のせいではなかったか。わからないが、きっとそうだ。そういうことにしておこう。

どうせ無人島。誰も見ちゃいない。同情なんていらない。罪悪感なんぞ抱《いだ》く必要はない。なぜならエースは、あの極悪人・ロジャーの血を引いた息子なのだから……！

木の棒を手に、ふらつく足取りでゆっくりとエースに忍《しの》び寄《よ》る。

背後まで近づいて腕を振り上げた瞬間——

ぎゅるるるると、おれの腹が鳴った。

「あぁ……」

情けない声が出た。エースが振り返る。気づかれた。

「ん？　おおっ、この木いいな！」

エースに棒を摑《つか》まれる。そのまま、おれは棒を手放してしまい尻餅《しりもち》をついた。実を奪うどころの話ではなかった。おれはすでに、もう立っているだけでも限界だったのだ。

目の前には、棒を手にしたエースが佇《たたず》んでいた。

おれは顔面蒼白《そうはく》の状態でエースを見上げていた。ハァハァと呼吸が荒くなる。武器を奪われ、もはや逃げる気力すらない。返り討ちにされる。そう思った。

だが、エースの反応はおれの考えていたものとは違った。

「船、手伝いに来てくれたんだろ？」

そう言って、エースは微笑《ほほえ》んだのだ。

「うっ、あっ、ううう……！」

気づくとおれは、言葉にならないうめき声をあげていた。同時に、自分の情けなさを心底恥じた。乾いた目に、自然と涙がにじんでくる。仮面を着けていてよかったと思った。

そしてその直後、こんなときだというのに、いや、こんなときだからこそなのか、腹の虫が盛大に鳴いた。

苦笑まじりに、エースが手に持つ果実を、おれに差し出す。

「ほら、食えよ」

しかしその瞬間——

ぎゅるるるる。

エースが、「あっ」と声をあげた。まるでおれの腹の虫に呼応したかのように、エースの腹の虫も盛大に鳴き声をあげたからだ。エースもまた、空腹だったのだ。

それでも、そのまま何食わぬ顔で果実を差し出しているエースに、おれは訊ねた。

「こ、これ、もっとたくさんあるんだろ？　どこだよ？　なあ？」

「いいや、ついさっき拾ったんだ。おれたちと同じように流れ着いたものかもな」

頭を鈍器で殴《なぐ》られたような衝撃だった。顔向けできないとは、まさにこのことだ。

その場にうな垂《だ》れ、気づくとおれは泣いていた。エースに悟られぬよう、声を押し殺して。

自分は、なんと恐ろしいことを考えていたのだろうか。

ロジャーの血を引いているエースのことを、心の中で勝手にろくでもない人間だと決めつけていた。だから、なにをやってもいいと、自分で自分を納得させていた。

しかし、ロジャーのことは、新聞や本で見ただけだった。会ったことすらない、話したことすらないその男を、おれは世間の評判、誰かの意見だけを鵜呑《うの》みにしていた。

なんて浅ましく醜《みにく》い考えだろうか。

そこでおれは、はっと気づく。

それこそが、かつて幼い頃のおれが不満に感じていた周囲の大人たちの反応なのだと。

周囲の大人たちは、『ブラッグメン』をバカにして、色眼鏡《いろめがね》で見ていた。

おれもまた、それと同じように、エースのことを色眼鏡で見ていた。

いつの間にか、おれ自身もそういう大人、そういう人間になってしまっていたのだ。

だが、実際のエースはどうだ？

自分が飢えているのにもかかわらず、飢えているべつの誰かへと己の食べ物を分け与えることのできる人間。それが、エースだった。

おれがこの目で見たロジャーの息子、海賊王の血を引くエースは、そういう男だった。

「どうした？　腹減ってんだろ。食えよ？」

エースの言葉に、おれは鼻を啜《すす》りながら答えた。

「食えねェ……！」

自分が恥ずかしかった。自分は、エースから食べ物をもらっていい人間ではない。おれには、そんな価値はない。このまま飢えて苦しむ。それがせめてもの罪滅《つみほろ》ぼしだと、そう思った。

「食えったら」

エースが、少しだけむっとしたように、実を押しつけてくる。

「食えねェ……！」

意地になって、おれは首を横に振った。

「なんでだよ⁉　腹減ってんだろうが。遠慮すんな」

「だってよ、あんただって、腹、減ってんじゃねェか……！」

意地を張り、声も張りあげた。泣いているのが、バレていたのだろう。エースは困ったような顔をして、しばし無言になった。そして——

「よし、じゃあ半分にしようぜ。それならいいだろ？」

そう言うと、おれが答える間もなく、持っていたナイフで実をふたつに分けた。

「ほら、おれも食う。だからお前も食え」

にっと笑《え》みを浮かべて、半分になった実を渡される。

有無《うむ》を言わさず切り分けられた実を前にして、気づけばおれは、意地を張ることも忘れて、すんなりと実を受け取ってしまっていた。

エースが、残ったもう半分をひと口囓《かじ》った。

「うん、毒はねェぞ……うん。まずいけどな」

そして、もぐもぐと実を咀嚼《そしやく》しながら、そんなことを言う。

おれもまた、手の中にある実に齧りついた。切り口から滴る、瑞々《みずみず》しい果汁を目の前にして、意地を張り続けることなど不可能だった。

「うめェ……。まずいけど、うめェ……！」

ひと口齧ってからは、もう止《や》められなくなった。おれは夢中になって実をむさぼり食った。食べながら、知らず知らずのうちにぽろぽろと涙をこぼしていた。

「うめェ……うめェ……すまねェ、すまねェ……」

おれは泣きながら実を食べ続けた。

実は、お世辞《せじ》にもうまいと言えるような代物ではなかった。それどころか、こんなにもまずい果物《くだもの》を食べたのは生まれてはじめてだった。しかしそれでも、おれは今まで生きてきて、これほどまでにうまいと感じるものを食べたことがなかった。

漂着した無人島――飢えと渇きによる極限状態のなかで、おれはようやく人生の本当の味というやつを噛みしめたのだった。

しだいに、空が茜色《あかねいろ》に染まっていく。今日もまた、一日が終わろうとしていた。お互いまずいまずい言いながら実を食べ終えたおれとエースは、その場に並んで座り、水平線の彼方《かなた》に沈みゆく太陽を眺めていた。相も変わらず、景色だけは身震いするほどきれいな島だった。茂《しげ》み近くの白骨死体のことを考える。かつて、この場所にひとり流れ着いたであろうその男は、今のおれたちと同じようにこの夕日を眺めていたことだろう。

誰とも話さず、ただひとりで。

そう思うと、となりにエースがいてくれることがどれほどありがたいことか。今になっておれは、ずっと自分がひとりではなかったことに気づいた。

エースがいてくれたから、おれはひとりでも生きていられたのだ。自分以外の誰かがこの島にいると思っていたからこそ、おれは孤独を選んで生きてこられたのだ。

そしてそのように考えていたのは、エースのほうも同じようだった。

「この夕日さ――」

と、おもむろにエースが口を開いた。

「きれいだなって思っても、おれひとりじゃ思うだけで終わりなんだよな。誰もこの景色を見ていないいんじゃ、どんなにきれいでもきっとつまらねェ……」

へへへと、エースが笑った。

まもなく陽が落ちようとしていたが、この日はまだ、いつものような寒さを感じない。ひさしぶりに胃にものを入れたからか。それとも、となりにエースがいてくれるからか。

不思議なものだ。なんだか、昼間よりもあたたかくなってきたような気さえする。

おれはなにげなくエースに視線を向けた。

エースは、燃えていた。

感情面の話ではない。実際に、燃えていた。全身から、炎が吹き出していたのだ。

「熱《あ》っつ！　えええええええっ⁉」

おれが悲鳴をあげたのと同時に、エースも己の身体の異変に気づいた。

「うおっ、な、なんだこりゃあああああ⁉」

うわあああ、とその場をのたうち回るエース。おれは慌《あわ》てて足下《あしもと》の砂をエースに浴びせかけた。しかし、燃えさかる炎は勢いを増すばかりで、一向に消える気配がない。

「な、なんでいきなり火が……っ！」

消えぬ炎に砂をかけ続けるおれだったが、ふと、ある違和感を覚えた。

突如として火に包まれたエースの身体。しかしそれは、火が点《つ》いてしまい服や身体が燃えているのとは違うように見えた。奇妙なことだが、まるで身体ごと——身に着けているものも含めて、いっしょに火になってしまっているかのような……。

「うわああああ！　熱い……！　熱いいい……！　熱……くない⁉」

エースが、途端に冷静さを取り戻した。その瞬間、エースの身体を覆《おお》っていた炎が、みるみるうちに小さくなり、やがて消えた。エースの身体にはヤケドひとつなく、身に着けていた服にも帽子にも、焦《こ》げ目《め》ひとつ、煤《すす》のひとかけらすら付いていなかった。

「まさか……さっきの実は……」

その様子を呆然《ぼうぜん》と眺めながら、つぶやく。

「悪魔《あくま》の実《み》……」

それは、海の悪魔の化身とも言われる禁断の果実。

嘘か真《まこと》か、ひとたび口にすれば、その身に悪魔のごとき力が宿《やど》るという代物だ。

そして力の代償に、実を口にした者は海から永久に嫌われるという。つまりは、一生泳げない身体になってしまうのだ。

本でしか見たことのない、売れば最低でも一億ベリーはくだらないという幻《まぼろし》の果実を、おれたちはそれと知らずに食べていたのだ。そう考える以外、目の前で起きた不可思議な現象を説明することができそうになかった。

「これが悪魔の実？」

元に戻った自分の手のひらをまじまじと見つめるエース。

「いや待てよ。悪魔の実ってことは、もしかして泳げなくなったのかおれ⁉」

言いながら、エースが突如として立ち上がり、目の前の海へと駆けだした。

そうして、少しも躊躇《ちゅうちょ》することなく、ザバザバと波をかき分け海へと入っていく。

「お、見ろよデュース。全然平気だ。やっぱり悪魔の実じゃねェぞ」

そのまま、ずんずんと進んでいくエース。

「悪魔の実じゃねェ。おれは平気だ。おれは、あー……」

ふいにエースが崩《くず》れ落《お》ちた。糸の切れた操《あやつ》り人形のようだった。

「なにしてんだお前っ⁉」

沈んでいくエースのもとへと駆け寄り、無我夢中で浜辺へと運び上げたところで、おれはあることに気がついた。

「そういや、おれは……平気なんだな……?」

訝《いぶか》しがりながら、先ほどのエースと同じように自分の身体をまじまじと観察する。

突如として火を噴《ふ》くこともなければ、濡れてもぴんぴんとしている。

「悪魔の実は、最初に食ったやつにだけ力を与えるんだ……」

海から出て力が戻ったのか、エースがガバッと起き上がった。先ほどまで脱力していたのが嘘のようだ。

「残りは、ただのまずい実ってわけだ」

言いながら、エースは自身の指先を、じっと見つめた。すると指先が、ゆらりと揺れたかと思ったら、瞬《また》く間《ま》に小さな炎へと変化した。

いよいよもって、本物の悪魔の実だった。

「これが悪魔の実ねェ……。あんま実感湧かねェなあ……」

エースが再び指先に集中する。すると、赤々と燃えゆらめく炎が、徐々に本来あるべき形を取り戻していく。炎が消えると、そこには、やはりヤケドひとつしていない元の指があった。

「ふーん、なるほどねェ……」

自分の力を、落ち着いた様子で見つめているエースに、おれは訊ねた。

「悪魔の実、詳《くわ》しいのか？」

「前にも言ったっけな。おれには弟がいるんだ。ルフィってんだがな、その弟も、悪魔の実の能力者でね。だから、人よりかは、慣れてるっちゃ慣れてるかもな。まァ、ケンカしてもおれの全戦全勝だったけどな」

「なんつー兄弟だ……。ていうか、どうしたら生身《なまみ》で能力者に勝てんだよ……」

話がいろいろとぶっ飛びすぎていて、理解が追いつきそうになかった。

「弟はゴムゴムの実を食ったゴム人間なんだ。おもしれェぞ。こう、ビヨーンと、腕とか伸びるんだぜ?」

拳を突き出し、伸びる真似をしながら、嬉しそうに語るエース。

常《つね》に陽気な雰囲気のエースだが、弟の話をするときには、とりわけ楽しそうに話す。血の繋がらない家族ではあるが、あるいは血の繋がりのない家族だからこそ、弟のことを本当に心から大切に思っているのだろう。こんな、世界の果てのような無人島に取り残されていたとしても、家族を想う気持ちは変わらないものだ。

「そんなルフィのやつと同じ境遇になったってのは、悪くねェとしてもだ……」

エースの表情が、少しだけ険《けわ》しいものになる。

「無人島でこれは、正直きついかもな……。おれはもう泳げねェ。つぎに造る船が沈んだらそこまでだ。脱出はできない……」

エースが、自分の手をじっと見つめた。今度は指だけでなく手のひら全体が燃えさかる炎に変わった。陽も落ち、すっかり暗くなっていた浜辺が炎によって照らされた。焚《た》き火《び》のようだ。おれとエースの影が、波音に合わせてゆらゆらと揺れた。

炎を見つめ、押し黙るエース。そんなエースの心配は、もっともなことだった。悪魔の実を食べたものは海に嫌われ、泳げない身体になる。しかもそれは、ただのカナヅチだなんて生やさしいものではなかった。水に浸《つ》かれば、それだけで全身からあっという間に力が抜けていく。エースは、そんな身体になってしまったのだ。

それがなにを意味しているのか。考えるまでもない。

島全体を覆う特殊な海流。海のアリ地獄。それを突破するために、エースは何度も船を造り挑戦した。たとえ船から投げ出されても、泳いで船にしがみついた。船が壊れれば、泳いで浜に帰ってきた。今まではそうだった。だが、今度はもう、そうはいかない。

落ちれば、ただ死が待つのみ。

それほどまでの代償を払い、はからずも手にした炎の力では、こうして夜の闇《やみ》を照らすことはできても、海を渡ることはできない。

手から炎を出すのではなく、自分自身がゆらめく炎の化身となるエースの力。メラメラと燃えさかる火炎と化すその実の名はメラメラの実。火という本来ならば大自然を克服《こくふく》しうる叡智《えいち》を得たはずのエースは、むしろその力のせいで追《お》い詰《つ》められていた。

炎と化した全身、噴き出す燃えさかる火炎、自然界において圧倒的なそのエネルギー。それらはすべてエースの意のまま、エースの味方だというのに。

しかし、そこでおれはピンと閃《ひらめ》く。

「エース！　その炎、操れるんだよな？」

「ん？　ああ、練習は必要かもしれねェが、結構いけるかもな……」

エースは手をピストルの形にすると、夜の海に向かって指先から小さな火の玉を飛ばしてみせた。放物線を描いた火の玉は、すぐに夜の闇に融《と》けて消えてしまう。

「たとえば、噴き出す炎の勢いだけを利用するってなるとどうだ？　出力調整っつーのかな。そういうのを意識してコントロールできるか？」

「よくわからねェが、やれなくはねェ……ような気がする」

エースの返答を聞いて、おれはニヤリと笑みを浮かべた。

「脱出、できるかもしれねェぞ」

翌日から、エースの特訓がはじまった。

炎に包み、焼き尽くすもの。炎の勢いを利用して、吹き飛ばすだけのもの。

砂浜にいくつもの木の枝を刺し、それらを標的としてそんな訓練をくり返した。

エースのおかげですぐに火を起こせるようになり、サバイバルのほうもうまくいくようになった。幼い頃、ジャングルで育ったというエースの知識はたいしたものだった。

穴を掘り、湧き水を見つけ、それを濾過《ろか》、煮沸《しゃふつ》して飲料水を蓄《たくわ》えた。

火を通すことで、食べられそうになかったものも思いのほか食えるようになった。

もう、夜の寒さに苦しむこともなくなった。

そうして幾日か経った。すでにエースは、自在に炎を操るようになっていた。

やがて――

「できた……！」

おれたちは、ついに船を完成させた。手も服も炭で真っ黒になっていた。それというのも、訓練後のエースに協力してもらい、船の材料となる木材を焼いていたからだ。

木材の表面を焦がし炭化させると、耐久性、耐火性、耐水性が、なにもしないものよりも大幅に上がると、どこぞの航海日誌で読んだ覚えがある。それがどの程度のものなのかわからないが、通常の木材よりも波や潮風《しおかぜ》に耐えてくれることだろう。瞬時に炎を発生させ、火力も自在に変化させることのできるエースがいてこそ完成した船だった。

また、この船には動力があった。海のアリ地獄を突破し、島から脱出するために必要なものだ。強い海流に逆らって前へと進めるだけの力。人力ではふたりがかりでも不可能なそれを、おれはエースの炎で行おうと考えた。正確には、エースの炎の勢いで、だ。

「いいか。炎の勢い――エネルギーを使ってこの板を回すんだ。これで船が前に進むってわけだ。おれはこれを『ストライカー』と名付けた」

「『ストライカー』……。こいつであの海流を突破か。おーし、そうと決まれば出航前の宴《うたげ》だ！　今日はここにある食べ物で、ぱーっとやろうぜ」

「それ保存食なんだから食うなよ」

「あっ、そっか……」

傍《かたわ》らには、船に積み込むために集めた水と食料があった。おれはその中から水を集めた瓶をふたつ取り出すと、片方をエースに手渡した。

「まあ、今日のところはこれでいこうぜ」

「そうだな」

白い歯を見せて笑うエース。おれたちは、水の入った瓶で乾杯をした。

船は、穏やかな波の上を滑るように走った。勢いよく燃えるエースの炎が推進力となり、手で漕《こ》ぐよりも速く、そして風を待たずとも確実に、船を前へ前へと進めていた。

島が遠ざかっていく。海鳥の声も遠ざかっていく。白骨死体のために立てた墓が、砂粒のように小さくなっていく。遠目から見る島の姿は、まさに楽園のような美しさだった。空は晴れわたり、海はきらめいていた。

不思議なもので、あれほどまでに飢えと渇きに苦しめられたというのに、こうしていざ離れるとなるとなんだか名残惜《なごりお》しい気持ちになってくる。まさかこんな脱出不可能の死の島に郷愁《きょうしゅう》の念を覚えることになるとは思わなかった。ふるさとを飛び出したときでさえ、こんな気持ちにはならなかったというのに……。

すると、同じく振り返り島を眺めていたエースが、ぽつりとこんなことを口にした。

「最初は、早いとこ宝でも見つけて、そんでもって強ェ《つえ》海賊に勝って勝って勝ちまくって名を上げなきゃって、そう思っていたんだ……」

目にも鮮やかなオレンジ色の帽子を海風で飛ばされないよう手で押さえながら、エースは静かに続ける。

「けど、そりゃあ間違いだった。それだけじゃあ、名を上げることはできねェ。どんなに価値のある財宝を見つけたとしても、どんなに強ェ海賊と戦って勝ったとしても、ひとりきりじゃ、なんの意味もねェんだ……」

「けっきょく、あの島に宝があるっつー噂は、やっぱりただのデマだったんだな……」

エースはおれに視線を移すと、不敵な笑みを浮かべた。

「どうかな……」

そう言うと、エースがおれに向かって手を伸ばしてきた。

「いっしょに……来てくれるよな？」

おれもまた、そんなエースに不敵な笑みを返す。

「……お前といれば、いい冒険記が書けそうだ」

そうして、おれとエースは固く握手を交《か》わした。

手を握りながらおれは、残りの人生をこの人のために生きようと考えていた。

遠ざかる島に郷愁の念を抱いたのは、きっとおれが、本来であればあの島で人生を終えていたからなのだろう。エースがいなければ、まず間違いなくそうなっていたはずだ。

しかし、現実は違った。

出会うことなどありえない場所で、偶然にも出会ったおれとエース。そうして、おれの命は救われた。ならば、これは運命なのだとおれは思う。

その人のために生きて、生き抜いて、そして死ぬ。悔いのない人生。そんなことを思えるほどの誰かに出会えたおれは、きっとこの世で一番幸せな人間なのだろう。

そのまま沖をしばらく進んでいくと、いよいよ波が高くなってきた。

船を追い返そうと、海流がうねりをあげて襲《おそ》いかかり、がたがたと船体が揺れた。

しかし船は、怯《ひる》まず前へと進み続ける。

「境遇は違えど、おれたちは互いに、父親について思うところがある者同士ってわけだ」

真《ま》っ直《す》ぐ前を見つめながら、突然エースがそんなことを言いだした。

「越えていこうぜ……。波も、嵐も、運命さえも。そんでもって、ついでに父親もな！」

同時に、エースの炎が、よりいっそう勢いを増《ま》して燃えさかった。船のスピードがぐんぐん速くなっていく。船の揺れも強くなっていく。おれは必死に船体にしがみついた。

船は真っ直ぐに、波をかき分け、海流を貫《つらぬ》きながら進んでいく。船首が浮き上がった。

その刹那《せつな》――

船は、海のアリ地獄を跳《と》び越《こ》え宙を舞っていた。いっしょに空へと舞い上がった波飛沫《なみしぶき》が、陽の光を浴びてきらきらと輝いた。

船体にしがみつきながらもエースを見上げる。エースは、笑っていた。胸を張り堂々と前を見すえながら、無邪気な笑みを浮かべていたのだ。

そうしてエースは、遥《はる》かな高みへと決意の言葉を口にした。

「海賊王を、超《こ》えてみせる!」

空は快晴。目指すは〝偉大なる航路《グランドライン》〟。ひとりでは越えられないであろうこの先の海を見つめながら、まだふたりだけの『スペード海賊団』は、こうして産声《うぶごえ》をあげたのだ。

第2話

船長の資質とはなにか。

それは人に愛されることだと、おれは思う。

船長とは、言ってみれば暗闇《くらやみ》の海を明るく照らす太陽のようなもの。

気づけばいつも皆の中心にいて、生まれも育ちも考え方も性格も異《こと》なる者たちを自然と繋《つな》ぎ止《と》めてくれる存在だ。誰にも愛されず誰にも慕《した》われない者では船長にはなれない。

エースは、まさに船長にふさわしい男だった。

人を惹《ひ》きつけるなにかが、エースにはあった。カリスマ性や男気という言葉だけでは到底言いあらわせないようななにかが。

そんなエースを慕い、スペード海賊団には自然と多くの人が集まってきていた。

海賊というのはそもそもアウトローな存在だが、スペード海賊団の仲間たちはその中でもさらにアウトローな者たちだった。

他の海賊団では居場所がないような者や、ふつうは海賊にならないような変わった経歴の持ち主などをエースは受け入れていたからだ。また、旅するなかで自然とその手の連中がエースの前に現れるという、なにか不思議な縁《えん》めいたものもあった。

こうして〝偉大なる航路《グランドライン》〟の旅を続けるうちに、エースを中心として、ひとりふたりと仲間が増《ふ》え、やがて船も大きくなっていった。

そんなある日――

「ガーハッハッハッハ！　エースゥ！　愛してるぜェ！」

船上で、むさいひげ面《づら》の男が、刀を振り上げそう叫んだ。

「やかましい！」

直後、おれの蹴《け》りが男の顔面に炸裂《さくれつ》していた。そのまま、男を船から蹴り落とす。

「お、おれの賞金首ィィイ！」

悲痛な声をあげながら、男がドボン。海へ。ちなみに今のは、エースを慕うアウトローではない。エースを狙《ねら》うほうのアウトロー、つまりは敵だ。

スペード海賊団の船長として頭角を現していたエースには、すでに多額の懸賞金がかかっていた。賞金がかかるということは、当然のことながらそれを目当てにした連中が寄ってくることになるわけで、この日も、船はそんな一団に襲《おそ》われていた。

横付けされているのは、賞金稼ぎたちの船だ。そこから、つぎつぎと、武器を掲《かか》げ鬨《とき》の声をあげながら男たちが乗り込んでくる。数は、多い。こちらとくらべて、ざっと数倍はいるだろうか。これではどちらが海賊だかわかったものではない。

スペード海賊団の船の上は、瞬《また》く間《たま》に戦場と化した。

標的であるエースは、すぐさま無数の賞金稼ぎたちに囲《かこ》まれて見えなくなってしまう。おれは船の端に追いやられ、仲間たちの多くが、一対多数という形で分断された。

船が故障したので助けてくれと言われて、不用意に近づいたのがはじまりだった。

この一団はこうした手口で、通りかかる海賊船を襲っているようだった。

広い海の上で立《た》ち往生《おうじょう》してしまう怖《こわ》さは、海に生きる者たちならば誰もが知っている。

誰であろうと、そんな状態の船を見捨ててそのまま素通りしていくということは、ふつうしない。ありえないことと言ってもいい。

どんなに悪名《あくみょう》を馳《は》せた海賊であろうと、このときばかりは情けをかけるか、あるいは略奪目的の追い打ちをかけるつもりかで、ひとまずは停船することだろう。

つまりは、通りかかるのがどんな海賊であっても、どちらにしろ止まるというわけだ。

この賞金稼ぎたちは、徒党を組んでそこを狙う。

作戦としては、悪くはないように思えた。

だが、人の善意や、同じ海に生きる者としての情けまでをも利用するとは、ともすれば海賊よりもタチが悪い連中ではないだろうか。

「まったく、礼儀を知らねェ野郎どもだ……！」

そう吐《は》き捨《す》てるのと同時に、右頬《みぎほお》に燃えるような熱気を感じた。

「うおっ⁉」

振り向きざまに、おれのすぐ横を真っ赤な猛火がかすめていく。あたりの敵が、哀《あわ》れな叫び声をあげながら吹き飛んでいった。エースが、拳《こぶし》を振るい炎を放出したのだ。

「エース！　ちっとは気ィつけろよ！　コートが燃えちまうだろうが！」

思わずおれは抗議の声をあげていた。

「悪いな！　けど、仲間を燃やす炎なんざ出さねェよ！」

遠くから、そんなエースの声が返ってくる。右腕にゆらめく炎を纏《まと》いながら、エースは笑っていた。その言葉どおり、エースの炎は仲間も船も傷つけず、立ちはだかる敵のみを完璧《かんぺき》に捉《とら》えていた。エースは、メラメラの実の能力を着実に成長させていた。

今や、そんなエースの技《わざ》・火拳《ひけん》が、エースの代名詞として使われるまでになっていた。

輝く炎を連れて、エースが甲板《かんぱん》の上を所狭しと駆けていく。賞金稼ぎたちは、変幻自在に舞う炎に為《な》す術《すべ》がない。この慣れ親しんだ船の上こそ、まさに火拳のエースの独壇場《どくだんじょう》。誰にもエースを止めることはできない。

と、エースの背中に気を取られていたところに、銃声が響いた。

慌《あわ》てて振り返ると、おれの背後で賞金稼ぎのひとりが手を押さえてうずくまっていた。

「すまねェ、先生！」

言いながら、おれは目の前の男を蹴り倒した。男はそのまま白目を剝《む》いて気絶したが、おそらくは気を失う瞬間、撃たれるより先に蹴られておけばよかったと思ったことだろう。なにせ、どこからともなく狙撃《そげき》されて、持っていた武器を弾《はじ》き飛《と》ばされていたのだから。

「気をつけてくださいよデュースさん」

銃声と同じく、どこからともなくそんな声が聞こえてくる。だが、声の主《ぬし》の姿はどこにも見えない。それどころかいる気配すらない。

撃ったのは、ミハールという男だった。

おれをはじめ、船の仲間たちの多くは、彼のことを『先生』と呼んでいた。

彼は海に生きる男には珍しく、教師という異色の肩書きを持っていたからだ。

海を越え、教育を受けられない世界中の子供たちのもとへ行きたいという夢があるミハールだが、その職業からか海の男たちとは馬が合わず受け入れてもらえないでいた。そんな彼の夢を応援し、連れ出したのが、他ならぬエースだったというわけだ。

「こう騒がれては、落ち着いて本も読めませんよ。無粋《ぶすい》な客には、少々の教育が必要なようですね。さっさと終わらせましょうか」

そんな声とともに、またも銃声が響いた。今度は、数発。

すると、少し離れた場所で、賞金稼ぎたちの持っていた銃が続けざまに宙に舞った。そして相変《あいか》わらず、本人の姿は見えない。

ミハールはひきこもり気質のため、滅多《めった》に船室から出てこない。

港で仲間たちが買い出しに行っている間も外には出ず、いつも書物を片手に船の番をしているため、インドアのミハールなんて呼ぶ者もいる。

シルクハットに綺麗《きれい》に磨《みが》かれたメガネというインテリな見た目だが、それに反して腕っぷしはいい。特に、どこからともなく狙撃する腕前は、まさに頼れる船番といえる。

ただ――

「ほんと、いつもどっから撃ってるんだ……」

たまに、こんな教師がいてたまるかという気持ちになるのは内緒《ないしょ》だ。

「おっ、あんたそれ、いい銃だなあ」

と、戦闘中であるにもかかわらず、突然そんな声が聞こえてきた。

「〝北の海《ノースブルー》〟で造《つく》られたやつか？　こいつはレアものだ。髑髏《どくろ》の刻印《こくいん》がイカしてるぜい」

そんなことを言いながら、自分に向けられた銃をまじまじと観察する男がいた。

全身に髑髏のアクセサリーをちりばめているという、海賊にしてもやりすぎなのではないかという、ちょっとどうかしている出《い》で立《た》ちをした男。

仲間のひとり、スカルだ。

「いいセンスだ。あんたセンスの塊《かたまり》だな」

銃を向けているのに、なぜか褒《ほ》められた賞金稼ぎが、困惑《こんわく》の表情を浮かべている。

「でもこの銃、すぐに製造中止になったんだぜい？　なんでかっつーと――」

言いながら、スカルがおもむろに銃を掴《つか》んだ。

「こうすると、弾が詰《つ》まっちまうんだ」

「えっ、あっ、あれっ？」

ガチガチと引き金を引く音がした。賞金稼ぎが焦《あせ》りだす。しかし一向に弾は出ない。

「そんな銃をおれに向けるなんてよォ、あんたほんとにセンスあるぜい」

賞金稼ぎの顔からみるみるうちに血《ち》の気《け》が引いていく。それと同時に、スカルの拳が賞金稼ぎの顔面を捉えていた。

「へへっ、レアもんだ。部屋に飾っとくか」

手もとに残った銃を舐《な》め回《まわ》すように眺《なが》めながら、スカルがほくそ笑《え》んだ。

彼もまた、ミハール同様変わったタイプの男だった。
スカルは、蒐集人《しゅうしゅうにん》を自称するただの海賊マニアだ。
髑髏グッズコレクターであり、つまりは、そもそも海賊ですらない。
海賊が好きすぎてあらゆる海賊船に潜《もぐ》り込《こ》んでは見つかり、その後は雑用として
つぎの港までお世話になるという生活を送ってきた超が付くほどの変わり者。
そんなスカルのことを、ただの物好き、雑用くらいしか取《と》り柄《え》がない男と多くの
海賊たちは評してきたようだが、エースだけは違った。
エースは、あらゆる船に乗り世界中の港を渡り歩いた彼の経験と知識を頼った。
スカルには、海の情報屋としての隠れた資質があったのだ。
エースとの出会いを経《へ》て、蒐集人スカルは情報屋スカルとなった。
スカルは、そんな自分を見出《みいだ》してくれたエースに深く感謝しているようで、世界
一の情報屋になってみせるとエースに誓《ちか》いスペード海賊団の一員となった。
が、本人曰《いわ》く、あくまで情報屋であって今でも海賊ではないらしい。
「まったく……お前の蒐集は、いつもヒヤヒヤもんだな」

おれは、戦利品である銃に夢中になっているスカルに声をかけた。

「まだ戦闘中だぞ」

「おおっ、デューの旦那《だんな》ァ」

スカルが顔を上げる。顔といっても、スカルは髑髏の仮面で顔を隠していた。情報屋として、自分の顔すらも情報の一部であるという考えの彼とは、なにかと気が合った。

違う考え方から同じ結論に至《いた》った者同士、とでも言おうか。

ちなみに、素顔は有料とのことだが、未《いま》だに金を払う者は現れない。

船に新入りが来るたびに熱心に素顔のことを言っているところを見るに、本人も仮面をはずすタイミングを見失っているだけなのかもしれないが。

ちなみにそんなスカルとおれ、それにミハールを加えた三人は、スペード海賊団の頭脳担当といった役回りだった。言ってみればインテリチームだ。

エースを筆頭に、スペード海賊団にはやたらと武闘派が多い。そんななか、必然的におれはこのふたりとよく話をするようになっていた。

「いや、珍しい銃だったもんでついな。それに、そろそろ終わりそうですぜい」

スカルが顎《あご》で甲板の中央を指し示す。

〝炎戒《えんかい》〟。

エースの周囲に炎が渦巻《うずま》き、残っていた敵が崩《くず》れ落《お》ちた。

気づくと、すでに怒号《どごう》は止《や》んでいた。代わりにあったのは、乗り込んできた賞金稼ぎたちのうめき声のみとなっていた。

――人数のわりには早かったな……。

そんなことを考える。

隅《すみ》のほうで数人を相手にしていただけのおれと、甲板の中央でエースとともに大立ち回りを繰《く》り広《ひろ》げていた武闘派チームとでは、こうも違うものなのか。

「さて、と……あらかた片付いたか……」

倒れた賞金稼ぎたちを見まわして、エースが声を張りあげる。

「お前らァ！　気絶してるやつ連れて、とっとと行っちまえ！」

かろうじて立っていた賞金稼ぎたちが、その迫力に後退《あとずさ》った。エースの真横では、大型のネコ科の猛獣が、「グルル……」と威嚇《いかく》の声をあげていた。

仲間の一匹、コタツだ。ちなみに命名者はエースだ。

オオヤマネコのコタツ。珍しい種類らしいが、詳《くわ》しくはよくわからない。とある島で、密猟者の罠《わな》に掛かってケガをしていたところをエースが助け、そのままなついて船までついてきてしまったという経緯《けいい》を持つ。

出会った頃は、すっかり臆病《おくびょう》な性格になってしまっていたようだったが、旅を通して、今では徐々にもとの勇気ある性格に戻りつつあるようだ。

このように、スペード海賊団の船にいるのは、ミハールにしろスカルにしろコタツにしろ、そしてもちろんおれ自身もだが、エースと出会ってようやく自分の居場所を見つけたというような者たちばかりだ。

手長《てなが》族のガンリュウや魚人《ぎょじん》のウォレスも、他に居場所がなくてスペード海賊団に入ってきたという口だ。エースは種族や見た目で人を判断したりしない。それよりももっと大切なところ。心根《こころね》というやつを見ているのだ。それも、おそらくは自覚なしに。

だからこそ、エースは多くのアウトローたちからだけでなく、アウトローの世界からすら外《はず》れてしまっているような者たちにも慕われるのだ。

さて、慕うのではなく狙うほうのアウトローたちだが、コタツの低いうなり声に恐怖したのか、来たときと同じように我先にと競い合うようにして船から飛び降りていった。

気絶していた連中も、ある者は仲間に抱《かか》えられながら、そしてまたある者は意識を取り戻し、コタツに追いかけられながら一目散《いちもくさん》に船外へと飛び出していった。

「グルルル……にゃーん」

「声かわいいのかよ！」

最後のひとりは、そんなことを叫びながら、なんともいえない表情で海へと落ちていった。実はコタツ、見た目に反してうなり声以外はめちゃくちゃかわいい声で鳴く。

というか、メラメラの実の能力者であるエースの周囲は常《つね》に暖かいからか、エースの前でだけは大人《おとな》しくなる。

襲撃者がいなくなり、途端に広くなった甲板で、コタツがごろんと寝転がった。

甲板に背中を擦《こす》りつけながら腹を見せる。まさにバカでかいだけのネコそのものだ。

横付けされていた賞金稼ぎたちの船が遠ざかっていくと、先ほどまでの喧騒《けんそう》が嘘《うそ》のように静かになった。突如《とつじょ》としてがらんとしてしまった印象の船上。なんだか祭りの後のようだ。当然、エースもそんな気持ちだったのだろう。

「よっし、野郎ども、宴《うたげ》にするぞおおおお！」

そんなエースのひと声で、船員たちが酒樽《さかだる》を運び、山盛りの肉料理を並べると、武骨な甲板が、いっきに華《はな》やいだ。

酒と料理を手に、船員たちは思い思いに唄《うた》い、騒ぎ、休息を取った。

風もなく、波は穏《おだ》やかだった。

しかし、〝偉大なる航路《グランドライン》〟の天候予測なんて、あってないようなもの。

今は無風でも、つぎの瞬間には大嵐になっているかもしれない。

ここはそんな海だった。

「さっきの連中、お前のこと愛してるってよ」

ジョッキを片手に、おれは手すりにもたれ掛かっていたエースに声をかけた。

「首を持っていけば、金になるからな」

そう答えてエースが笑った。そうして、賞金稼ぎたちの船が逃げていった先に視線を向ける。

つられておれも、視線を向ける。つい今しがた通ってきたばかりのその場所には、すでに濃い霧が立ちこめており、船影《せんえい》すらも見えなくなっていた。

まったく、気まぐれな海だ。

「人気者だな」

「最近はあんな連中ばかりだ。嬉《うれ》しくもねェ」

酒を飲みながら、エースが珍しく愚痴《ぐち》をこぼした。確かに、ここのところエースの賞金目当てで襲ってくる連中が増えていた。それというのも、エースの賞金は同クラスの他の海賊たちとくらべても、それなりに高額だったからだ。まだ新世界にたどり着いてすらいないルーキーでその金額となれば、狙い目と思われるのも無理はなかった。

仲間たちは、エースの賞金が上がるたびに喜んだ。

エースもまた、喜ぶ仲間たちを見ていっしょに喜んでいた。

ただ、エースだけが通常よりも高い額をつけられている理由は誰も知らない。

仲間たちも、エースを狙う者たちも、あるいは、そこらへんの海兵も。

きっと誰にも、わからないだろう。

確かに、エースは強い。おまけに悪魔の実の能力者だ。

そして瞬く間に、悪名高き格上の海賊たちをつぎつぎと沈めてきた。海軍にだって捕まえられやしない。警戒されて当然だ。

ただ、これほどの額がつくだけのなにかを、果たしてエースはやったのだろうか。大それた悪事を働いている輩《やから》よりも高い額をつけるとは、一体どういう了見《りょうけん》なのか。

そのからくり。裏で蠢《うごめ》く意図というものを、嫌《いや》でも感じずにはいられなかった。

ずっとエースとともに旅をしてきたおれには、そう思えてならない。

エースだって、本当は気づいているはずだ。

——ロジャー。

エースの手配書を見るたびに、おれはその名を思い起こす。

ただ、おそらくエースはそのことを認めたくはないはずだ。

見えずとも必ずつきまとうその影の存在に気づいていたとしても、エースは口を閉ざすし、おれもまた、気づいていないふりをするしかなかった。

「まあ、なんだ、誰であろうと愛されているのなら、嫌われ憎まれているよりかは、いいかもしれねェな……」

少しだけしんみりとした場を明るくするために、おれはそんなことを切り出していた。

「あんなむさ苦しいひげ面の野郎でも——」

言いかけて、おれは思わず口をつぐんだ。

じっとジョッキを見つめるエースの瞳《ひとみ》はどこか寂《さび》しげで、まるで深く暗い海の底のような色を浮かべていたからだ。

酔ってはいなかった。

「エース……」

と、躊躇《ためら》いつつ、おれが口を開いたその瞬間――

「なうっ！」

コタツが、声をあげた。

船員たちのどんちゃん騒ぎがぴたりと止み、船内が静まりかえった。遠くを見つめてうなるコタツの視線の先を、みなで追う。

コタツは、賞金稼ぎたちの船が消えていった濃い霧の向こうを見つめていた。すると、霧の中から、一隻《いっせき》の船影が現れた。

「なんだ……？　あいつら、またやって来たのか？」

エースが身を乗り出した。しかし船影は一隻だけではなかった。

霧の中に、無数の船影が浮かび上がる。これは、艦隊……。

「海軍か⁉」

カモメのマークが、ぬるりと霧を抜け出てくる。

それは帆に描かれていた。海賊がこの世でもっとも見たくないマークのひとつだ。その下には、でかでかと記《しる》された『MARINE』の文字が。案《あん》の定《じょう》、海軍の船が姿を現した。ずらりと並んだ軍艦が、こちらに向かって押し寄せてくる。

「こいつァ『釘打《くぎう》ち』の船だ。やべェやつに目を付けられちまったぜい」

スカルが先頭の船を指《さ》し示《しめ》した。

「凄腕《すごうで》の少尉っつー噂《うわさ》ですぜい」

「変わった二つ名だな。元は船大工《ふなだいく》かなにかか……?」

そんなスカルとエースの会話を聞きながら、おれは他の船員たちに指示を出した。

「距離をとるぞ!」

一隻の軍艦が先陣を切って突っ込んできた。そいつとまともにやり合っていては、その隙《すき》に他の船に包囲されてしまうだろう。すでに軍艦は、少しずつ互いの距離を開けながら、散開の陣形に入っている。だが、そうはいかない。

「近くに岩礁《がんしょう》地帯があったな。針路ずらしてそこに入るぞ。急速前進! 先生、海図を!」

大声で、おそらく書庫にいるであろうミハールに指示を伝える。ピタリと後ろにつけてくる軍艦を警戒しつつ、おれは操舵《そうだ》のため船上を行ったり来たりしていた。

すると――

「いい船だな」

すぐ近くで、聞き慣れない声がした。

若い女の声だった。ぎょっとして振り返ると、船の上に、ひとりの海兵が佇《たたず》んでいた。

いや、ただの海兵ではない。背中に『正義』の文字が入った白いコートをマントのように羽織《はお》り、はためかせている。このコートを着用しているのは、海軍の中でも将校と呼ばれる位《くらい》の高い者のみだった。

「いつの間に……っ⁉」

どこで飛び移ってきたのか、海軍の将校がたったひとりで乗り込んできていた。

「残念ながら、お前たちの航海はここで終わりだ」

女が、腰に下げた細身の剣に手を伸ばす。手の甲に酷《ひど》いヤケドの痕《あと》。

と、銃声――。

「ふん」

金属音。女が鼻で笑う。

表情を変えることなく、女はことなげに剣を抜き放っていた。

「やりますねえ……」

一瞬の静寂《せいじゃく》の後、どこからともなく聞こえてくるミハールの声。すべては瞬く間の出来事だった。なんと女は、ミハールの狙撃弾を引き抜いた剣で弾いていたのだ。

「化け物かよ……」

おれは思わず後退《あとずさ》る。

「エースの旦那《だんな》ァ、そいつが『釘打ち』だああああ！」

銃声で女の存在に気づいたスカルが、ひと目見てそう叫んだ。

「へえ……てっきりガタイのいい大工のオッサンみてェなのが来るかと思ったんだがな。なんで『釘打ち』っていうんだ？」

「釘を打つように正確に獲物を穴だらけにするってえ話だ」

「そいつはおっかねェな」

そう言いつつも、少しの怯《おび》えた素振《そぶ》りもなく、エースが前に進み出る。

エースは冷静だった。しかし女もまた冷静だった。

眉《まゆ》ひとつ動かさず、意志の強そうな瞳で真《ま》っ直《す》ぐエースを見つめていた。

「イスカ少尉だ。貴様が火拳のエースだな」

力強い声で、女が名乗る。そうして、剣の切っ先をエースに向けた。

「逮捕する」

「お前……」

エースはいつになく深刻な顔をして、女を睨《にら》みつけていた。

そして——

「鳥みてェな名前だな」

瞬間、場の空気が止まった——ような気がした。

緊迫した雰囲気にはそぐわない、エースの発言。だが、イスカと名乗った将校は
まるで動じていない。黙って、エースに剣を向けていた。

「そんなもんで、おれを斬《き》れるかな？」

エースが、ニヤリといたずらっ子のような笑《え》みを浮かべる。すると、その身体《からだ》の輪郭《りんかく》が蜃気楼《しんきろう》のようにゆらめいた。ゆらめきは、すぐに燃えさかる炎へと姿を変えた。

全身を炎に変える。これが、メラメラの実によって手に入れたエースの能力。

「お望みとあれば、蜂《はち》の巣《す》に！」

言い終わらぬうちにイスカが動いた。目にも止まらぬ速さで細身の剣を繰り出す。

「うおっ⁉」

あまりの迫力からか、炎と化していたにもかかわらず、エースはひらりと剣を躱《かわ》した。

「エース船長！」

「お前ら、船長に加勢すんぞ！」

すぐさま船員たちがイスカを取り囲むも、イスカは剣とともに縦横無尽《じゅうおうむじん》に動き回った。まるで見えない壁でもあるかのように、四方八方、どこにも隙がない。正確には、近づくことはできても、閃《ひらめ》く鋭い切っ先で穴だらけにされる未来しか想像できないのだ。

『釘打ち』イスカ。どうやら、その通り名はダテではないらしい。

「エース、逃げるな！　無駄《むだ》な抵抗はやめて、大人《おとな》しく投降しろ！」

激しい口調で、エースを攻撃するイスカ。

「無駄じゃない抵抗ならいいだろ？」

飄々《ひょうひょう》とした口調で、イスカの剣を躱すエース。

対照的なふたりだった。

と、おれはここで、イスカの戦い方にふと違和感を覚えた。

イスカはひとり。こちらは複数。お互い、体力には限界がある。イスカの戦い方では、いずれジリ貧になることは確実。それなのに、なぜこの女は、単身この船に乗り込んできたのだろうか、と。たくさんの部下を引き連れてきたにもかかわらず、たったひとりで。これでは、ただの時間稼ぎにしか——

気がついて、あたりを見まわしたときには、船の行く先には、すでに海軍の軍艦が回り込んでいた。ゆるやかだが、確実に、包囲は完了しつつあった。

——こいつ、自分を囮《おとり》にしたのか……！

自《みずか》らが単身敵陣に乗り込んで、大立ち回りを繰り広げる。

嫌でも注目を浴び、対処しないわけにはいかないこの行為。船上でいざこざが起きていれば、必然的に船の操舵はおろそかになる。その隙に他の軍艦に包囲させるとは……。

思えば、これ見よがしに一隻だけピタリと後ろについて追ってきていたのも、後方だけに意識を向けさせるための作戦だったのだろう。

「さあ、終わりだ」

イスカが、再《ふた》びエースに切っ先を突きつけた。だが——

「うわあああああっ！」

船の外から、悲鳴が聞こえた。それは当然、おれたちスペード海賊団の船を包囲していた軍艦からのものだった。

「どうやら、間に合ったようだな……」

おれはその場で胸をなで下ろしていた。すんでのところで、船が目当ての場所にたどり着いてくれたからだ。

「追うのに夢中で、船底の岩には気が回らなかったか？」

そう言って、おれは軍艦へと視線を向けた。船を包囲している軍艦のうちの一隻が、ものの見事に傾いていた。

岩礁地帯だった。

気づかず通れば、そのまま打ちつける波と岩に揉《も》まれて、航行不能に。運が悪ければ、船底に穴が空《あ》いて沈むことだろう。目の前の軍艦が、そうなったように。

海軍が包囲を狙っていたのは、最初から明白だった。まさか上官自らが単身乗り込んできて引っかき回すとは思ってもみなかったが、要は包囲したくてもできない状況にしてしまえばいい。だからおれはこの場所を目指《めざ》した。岩礁地帯の隙間を抜けて、包囲されぬまま逃げきろうと考えていたのだ。

速度を上げたまま、勢いよく、尖《とが》った岩にでも乗り上げたのだろうか。軍艦のダメージは深刻なようだった。みるみるうちに、傾きが大きくなっていった。

傾いた船から、人やら樽やらが、バラバラと海へと落ちていく。

岩礁地帯の波は、荒い。無数の岩のせいで、波が不規則にぶつかり合うからだ。おまけに、そんな波に洗われた岩はどれも鋭いものばかりで、不用意に飛び込めばタダでは済まないだろう。

「ほんとは岩に気づいて、追うのをやめてくれりゃあよかったんだがな……」

落ちた海兵たちは、波に翻弄《ほんろう》されていた。いくら泳ぎが達者な者だとしても、このような場所ではきついだろう。

すると、イスカが剣を収《おさ》めて船の縁《へり》に足をかけた。

「なんだ？　逃げんのか？」

訝《いぶか》しがるエースに、イスカが答える。

「バカ野郎、助けに行くんだ！」

そう言って、躊躇《ちゅうちょ》することなく白く砕けた波の間に飛び込む。

縁に駆け寄って、おれたちは成り行きを見守った。

荒れる波をものともせず、イスカは泳いでいた。そうして、溺《おぼ》れかかっていた部下に手を差し伸べていく。浮かんでいた樽や板切れにしがみつかせていく。

「すげェ女だ」

スカルが感嘆《かんたん》の口笛を吹いた。

だが、いかんせん波が強かった。イスカもまた、激しい波に翻弄されてしまう。何度も波をかぶっては顔を出しをくり返していた。浮き代わりになるものを部下たちに渡したため、自分の分はすでになくなっていたのだ。

そんなイスカの姿を、エースは、じっと見つめていた。そして――

黙って浮き輪を投げ入れた。

波間に揺られながらとっさに浮き輪を掴んだイスカ。だが、つぎの瞬間には、力強い眼差《まなざ》しでスペード海賊団の船を、エースを見上げていた。

「なぜ助ける！」

馬鹿でかい声だった。

「さあな」

エースは素《そ》っ気《け》ない答えを返しつつ、背を向けた。

「火拳！　つぎは必ず捕まえてみせる！　助けたことを後悔させてやるからな！」

イスカのそんな声を聞きながら、おれたちは船を進めていく。

「あいつ、いいやつだな……」

過ぎゆく岩礁地帯を振り返りつつ、エースがそんなことをつぶやいた。

自分のことはお構《かま》いなしに、部下の救出を優先する上官。

そう考えると、エースの言うように確かに『いいやつ』ではあるのだろう。自分ひとりが単身敵船に乗り込んで時間を稼ぐという作戦も、ただ単に自分が一番強いからというだけではなく、そのような彼女の性格によるものなのだろう。

だが――

「これから先、あんな恐ろしい女に追い回されるのかと思うと、おれは憂鬱《ゆううつ》だ……」

そう言って、おれはため息をついた。

「けどよ、その前のむさ苦しいひげよりかはマシだろ？」

「まあ、そうだな……。あんなのに延々と追いかけ回されてもな……」

そう言って、おれとエースは顔を見合わせて笑った。

「さーて、宴の続きでもしようじゃねェか。ぱーっといこうぜ」

そんなエースのひと声で、再び宴がはじまった。

第3話

旅は続き、おれたちは新世界を目前にしていた。

〝偉大なる航路《グランドライン》〟の旅も、すでに半分。前半戦を終えたというところだ。

この頃には、スペード海賊団は総勢十九名と一匹というそれなりの規模に成長していた。

エースをはじめ、スペード海賊団の面々は、他の海賊たちからも一目《いちもく》置かれるような存在になっていた。それに伴《ともな》い、船長であるエースの懸賞金もますます上がっていった。

この勢いのまま鳴り物入りで新世界に突入かと思われたのだが、どうやらそう簡単にはいかないようで、さっそく情報屋のスカルから待ったがかかった。

「コーティング？」

聞き慣れない言葉に、エースが首を傾《かし》げた。

ランプの明かりで満たされた船内の一室。椅子《いす》に座るエースの足下《あしもと》では、コタツが大きな身体《からだ》を縮《ちぢ》こまらせるように丸くして、気持ちよさそうに寝息を立てていた。

机の上に自前の海図を広げながら、スカルが説明を続ける。

「ああ、船を特殊な天然樹脂《じゅし》で覆《おお》ってやるんだ。そうすっと、海の中を航海できるようになる。それで海の底まで潜《もぐ》れるようになるっつーわけよ」

つぎの行く先を示す記録指針《ログポース》は、遥《はる》か海の底にある島・魚人島《ぎょじんとう》を指《さ》していた。

海の底にあるため、このままでは当然たどり着けない。海の底へ行くには、専門の職人の手によって船にコーティングという特殊な作業を施《ほどこ》さなければならないらしい。

そして、そんなコーティングを行える場所こそが――

「シャボンディ諸島か……」

スカルの広げた海図に目を落としながら、エースがつぶやいた。そこには、大小さまざまな島の集まりがあった。スペード海賊団の船は、スカルの提言で、目下シャボンディ諸島を目指して航行中だった。

「シャボンディ諸島ってのは、正確には島じゃねェんだ。島のひとつひとつが世界一巨大なマングローブ『ヤルキマン・マングローブ』という樹《き》なんだぜい。そんで、島の地面になっているこの樹の根から分泌《ぶんぴつ》されているのが、コーティングに必要な樹脂ってわけよ」

「なるほど、島じゃないから立ち寄っても記録《ログ》が書き換えられることはねェってわけか」

おれもまた、スカルの海図を見つめながらそうつぶやいた。海図に記《しる》された七十九もの島々。これらがすべて樹の集まりで、その根の上に人々が住んでいるとは驚きだ。

「腕のいいコーティング職人の目星はつけてんだ。ただ、どんなに早くても三日はかかるっつー話ですぜい」

「ここで三日間の足止めか……」

エースが、難しい顔をした。

普段あまり海図を見ないエースが、こうして海図を前にして難しい顔をしているというのは、なにやら似つかわしくない不思議な光景のように思えた。ただ、『滞在』ではなく『足止め』と言ったところは、なんともエースらしい表現だった。

「で、メシはうまいのか？」

　これもまた、エースらしい心配だった。

「シャボンディ諸島っつったら、新世界の入口で立派な観光名所だぜい。うまい食い物屋なんていくらでもあるだろうな」

「ふーん、なるほどなあ……」

　と、悩むような素振《そぶ》りを見せつつも、すでにエースの表情は明るいものになっていた。ワクワクしている様《さま》を隠しきれていないのだ。

「そんで、この髑髏《どくろ》のマークのところには、行っちゃまずいってことか？」

　エースが、海図にでかでかと描かれたマークを指さして訊《たず》ねる。するとスカルは、さも意外だと言わんばかりの声をあげた。

「なに言ってんですかいエースの旦那《だんな》。こいつァ、おれのマーク。すなわちおれの目指すべき場所。目的地。おれたちは今からここに行くんですぜい？」

「そうか……。なあ、このマークわかりづらくないか……？」

「ええ!?　そうですかい？　じゃあ仕方ねェ……」

スカルはしぶしぶペンに赤いインクを付けると、髑髏マークを大きくハートで囲《かこ》った。

エースが、なんとも言えない表情でおれを見た。わかるぜその気持ち。


船は進み、いよいよシャボンディ諸島に近づいてきた。スカルの海図で言うところの目的地、髑髏マークの場所には、もう間《ま》もなくで到達しようとしていた。

船の上から、おれたちは天高くそびえる樹を見上げる。

「でけェ……」

思わず、声が漏《も》れる。目の前にそびえ立つのは、想像以上に巨大な樹だった。

そんな巨大な樹の根からは、特殊な天然樹脂が分泌されていた。コーティングの材料になるものだ。それらは根の呼吸とともに空気で膨《ふく》らんで、大きなシャボン玉となっては空へと舞い上がっていた。島には、そうして生まれた無数のシャボン玉が舞っていた。

陽《ひ》の光を反射して、シャボン玉が七色に輝いた。あまりにも幻想的な光景に、おれはしばし言葉を失っていた。シャボン玉舞う街《まち》の先には、大きな観覧車も見えた。まるで夢のようだ。悔《くや》しいが、この美しさは言葉だけでは伝えきれないだろう。

「いや、負けてられねェよな」

思い直して、おれはコートから手帳を取り出した。真っ白なページに、目の前の光景を言葉に変えて書きなぐっていく。

思いつく限りの言葉を夢中になって記す。すらすらと、迷うことなくペンが進んだ。

今日《きょう》はいつもよりも調子がいい。自分の才能が怖《こわ》いくらいだ。

これは、いけるかもしれない。そんなことを考えていると、背後から、なにやらぼそぼそとした声が聞こえてきた。

「なになに……『めっちゃ樹。超シマシマ』。なんじゃこりゃあ？」

「『舞い上がるシャボン玉的なもの。すげェとしか言えないダメなおれを、どこかへ連れ去ってはくれないだろうか』。一体どこへ行く気なんだあんた……」

「『万年根無し草のおれが、根の上に住んでもいいのか？　いいんです！　イエスシャボンディ』。なんと奇っ怪な……」

おれは悲鳴をあげた。

「ううわあああ読むんじゃねェお前らあああぁ！」

おれの叫びに合わせて、船の上は爆笑に包まれた。

「あ、あんた、くくくっ、冒険記を書きたいんじゃなかったのかよっ！」

「これで、ふふっ、ぼ、冒険記は、む、無理があんじゃねェか？」

笑いを堪《こら》えながら訊ねてくる船員たちに、おれは言い返す。

「こ、こいつは構想メモだ！　プロットっていうんだよ！　これからもっとすげェのになるんだからな！　待っとけ！」

「へいへい。まあ、期待してるぜ」

「どうせならよ、すげェの頼むぜ。おれが活躍するやつよ」

そんなことを言いながら持ち場に戻っていく船員たちの背中を見つめながら、おれは決意した。いずれ冒険記を書いた暁《あかつき》には、あいつらの名前だけは意地でも出さないようにしてやろう、と。

スペード海賊団の船は、海面にせり出した巨大な根の合間を縫《ぬ》うように進んでいた。

船を泊《と》めるため、なるべく人目に付かない場所を探す。

シャボンディ諸島には、もちろんきちんと整備された港があるが、そこには近づかない。なにせ、船のコーティングのために、最低でも三日はこの島に滞在しなければならないのだ。

その間、海軍や賞金稼ぎ、はたまたタチの悪い同業者に目を付けられては、コーティングどころではなくなってしまうからだ。

広大なシャボンディ諸島には政府の目も届かない無法地帯も多いようで、おれたちは、あえてそんな場所を選んで船を泊めることにした。

身動きのできない状態で海軍に船を押さえられてしまうことにくらべれば、無法地帯はむしろ、住み慣れた我《わ》が家《や》とすら言えた。

巨大な樹の陰《かげ》になっている奥まった場所に目星を付け、静かに船を寄せていく。

停泊の準備に入ったところで、スカルが船員たちに念を押した。

「海軍や賞金稼ぎだけじゃねェ。世界貴族《せかいきぞく》に人攫《ひとさら》い……ここにはトラブルのタネが多い。コーティングが終わるまでは、厄介《やっかい》ごとはごめんだぜい」

特に——と、スカルの視線がエースに移る。

「頼むぜ。エースの旦那」

「あ？　なんだよ？」

目を輝かせながら島を見つめていたエースが、訝《いぶか》しげな顔になる。

「いや、面倒なことが起きねェようにと……」

「わかってるって。それより、あの『グラマン』ってのはうめェのかな？」

「わかってねェなこれ……」

〝偉大なる航路《グランドライン》饅頭《まんじゅう》〟——略してグラマン。島の土産物《みやげもの》だ。すでにエースの頭の中は、島に上陸したらなにを食べるかでいっぱいのようだった。

そんなエースの様子《ようす》にため息をついたスカルが、おれに視線を向けた。スカルの言いたいことを察したおれは、苦笑しつつ頷《うなず》いた。

「おれが見ておく。あいつをひとり放っておくと、勢い余って世界貴族を燃やすかもしれねェからな……」

「おいおい、勘弁《かんべん》してくれ……！　いくらおれが情報屋でも、そこまでの事態は想定してねェからなっ！　やるなよっ！　絶対やるなよっ！　振りじゃねェからなっ！」

途端に焦《あせ》りだすスカルの様子を見て、おれは笑った。そんなおれにつられて、スカルも笑いだす。そうこうしているうちに、船が完全に動きを止めた。到着だ。

神経を使う接岸作業を終えたことで、船上は一気にリラックスした雰囲気《ふんいき》に包まれた。

「まあ、さすがに世界貴族相手は洒落《しゃれ》にならねェが、それ以外なら海軍にさえ見つからなければなんとかやっていける――」

「待っていたぞ火拳《ひけん》！　ここで会ったが百年目だ！」

スカルの声に混じって、なにやら聞き慣れた声が聞こえてきた。

「――はず……だ……」

スカルの首が、錆《さ》びたみたいにぎこちなく声のした方向に向けられた。おれは、おそるおそる船の外の様子を窺《うかが》った。

「出てこい！　今日こそお前を捕まえてやる！」

威勢のいい声の持ち主は、確認するまでもなくイスカだった。船を見上げながら、腕を組み堂々と立っていた。

「また出たか……」

「これで何度目だ……？」

イスカの声に、船員たちがざわつきはじめた。しかしそれは、恐れからというよりは、少々呆《あき》れ気味といった様子でだった。

〝偉大なる航路《グランドライン》〟に入ってからというもの、スペード海賊団の船は、ひとりの女少尉に執拗《しつよう》につけ回されていた。それがこのイスカだ。エース逮捕に執念を燃やし、何度撒《ま》いても行く先々の島に現れては追いかけてくるというとんでもない女だ。

が、今おれたちがこうして無事に航海を続けられていることからわかるように、彼女の目的が達成されたことは一度もない。エースは、今日もピンピンしていた。

「おお、イスカじゃねェか。こんなとこでなにしてんだ？　旅行か？」

エースが、甲板《かんぱん》から語りかける。なんとものんきな声だった。

「旅行なわけあるか！　お前を捕まえに来たんだバカ野郎！」

「へえ、ところでよ、ここって『グラマン』以外になんか名物はあんのか？」

「なんだ土産物か？　私は部下たちに『グラせん』を買ったぞ。あれは日持ちするからな……って、旅行じゃねェって言ってんだろっ！」

なんて叫ぶイスカであったが、おれを含め、その場にいた多くの者たちは、無言のままおそらく思っていたはずだ。

（旅行だ……）

（旅行だな……）

（明らかに旅行中だ……）

なぜなら、今回のイスカの服装はいつもの海軍仕様ではなく、どう見てもただの浮かれた観光客そのものだったからだ。

休暇中に、偶然この船を見つけでもしたのだろうか。なにも、広大なシャボンディ諸島で出会わなくてもよいものを。こういうのを腐《くさ》れ縁《えん》というのだろうか……。

イスカは、ひと言で言えば『いいやつ』だった。

正義感が強く、真面目《まじめ》で馬鹿正直。

戦えば化け物じみた強さを発揮しつつも、肝心《かんじん》なところでどこか抜けている。だから、いつもエースにいいようにあしらわれる。ここぞというところで逃げられる。

それが様式美、お決まりのオチみたいになってしまっていた。

エースだけではない。スペード海賊団の仲間たちの間でも、今ではイスカはすっかりお馴染《なじ》みの存在として定着していた。

本人が聞いたら不本意極《きわ》まりないだろうが、もはや海軍というよりも、行く先々にたびたび出てくるおもしろ顔見知り程度の認識をされている節《ふし》すらあった。

「まったくよォ……部下を連れていなかったのが、せめてもの救いだぜい……」

スカルが安堵《あんど》の吐息《といき》をもらす。休暇中だったからか、イスカはひとりきりだった。

「あれひとりなら、たぶんいつもみたいになんとかなるぜい」

と、スカルにもこんなことを言われてしまう始末だ。

「ああ、あとで船を隠しちまおう……」

エースとイスカの、だいぶ温度差のあるやりとりを見つめながら、おれは静かに頷いた。

「降りてこい火拳！　大人《おとな》しく投降したほうが身のためだぞ！」

「こりゃあ、しばらく外には出られそうにねェな……」

下でずっと声を張りあげているイスカになかば感心しながらも、ため息をひとつ。

相変《あいか》わらず、しつこい女だった。

「骨のある女だ。うらやましいぜい。おれも骨のある女に追いかけられてェ……」

スカルは、諦《あきら》めずにずっと船を追ってくるイスカのことを前々から気骨《きこつ》のある女性だと評価しているようだった。

「海軍だぞ……」

おれがそうつぶやくと、

「そうなんだよなあ……。そこだよなあ……」

はあ、とスカルもため息をついた。

「お前たち、船のコーティングをするんだろう？　もう逃げられないからな！」

そう言って、イスカが高らかに笑った。おれはしだいに、いつになったらこの女の声は嗄《か》れるのだろうだとか、そんなことを考えるようになっていた。

物思いに耽《ふけ》りながらしばしイスカの声を聞き流す。しばらくすると、腹が鳴った。

島に上陸してなにか食事でも、と思っていたが、こうなったからにはしかたがない。イスカが疲れて隙《すき》を見せるまで、船の上で残り物でも食べながら待つしかないだろう。

「なあエース、とりあえずここでメシ――」

と、甲板を見わたすも、エースの姿はない。今さらながら、先ほどからイスカの声に反応すらしていないことに気づく。

「あいつ……！」

下で叫ぶイスカの様子を、慌《あわ》てて窺う。

イスカは、腕を組んだまま、最初に見たときと寸分違《たが》わぬ姿勢で真《ま》っ直《す》ぐ船を見上げていた。そう、ただただ真っ直ぐ見上げていたのだ。

「視野が狭いにもほどがあるっ！」

驚くべきことに、イスカは馬鹿正直に堂々と正面だけを見張っていたのだ。それを知っているエースは、イスカが見張っていない場所から堂々と外に出ていったというわけだ。

「ふふっ、逃げられないと知って、怯《おび》えて声も出せなくなったか火拳！　今日こそ年貢《ねんぐ》の納《おさ》め時《どき》だ！　おい火拳！　聞いてんのか！　返事をしろ！　どうした？　寝てんのか？」

――もう逃げてるんだよなあ……。

依然《いぜん》として船の下でわめき続けるイスカを、哀《あわ》れみのこもった瞳《ひとみ》で見つめる。エースは今頃、街で悠々《ゆうゆう》と名物を食いあさっていることだろう。

しかし――

「エースさんは、どこです？」

ぎぃぃと、無駄《むだ》に不気味な音を立てながら、船内に通じるドアが僅《わず》かに開いた。

ドアの隙間《すきま》から顔を見せたのは、滅多《めった》に外に出てこない男・ミハールだった。

「先生、珍しいな……！」

ドアの隙間から覗《のぞ》くメガネと髭《ひげ》を見て、おれは思わずそんなことを言ってしまう。

教師であるにもかかわらず、授業をするとき以外は人見知りでひきこもりという
ミハール。

いつもなら新しい島に着こうがお構《かま》いなしに書庫に閉《と》じ籠《こ》もっている男が、わざわざ甲板の一歩手前まで上がってくるとは、なにかよっぽどのことがあったに違いなかった。

ドアを盾《たて》にでもするかのように、ミハールが腕だけを甲板に出してくる。その手に握《にぎ》られていたのは――

「私の部屋の前に、エースさんの財布《さいふ》が落ちていましてね……」

その瞬間、おれは青ざめていた。よっぽどのことだった。

「あ、あいつ……む、無一文……なのか……？　それで、ま、街へ、しょ、食事に

……？」

「や、やばいぜデューの旦那。おれたちァ、ここに三日も滞在するんだぜ……っ！」

泡を食ったように、スカルがおれに摑《つか》みかかってきた。

「あ、あんた、見ておくって言ったじゃねェかっ！」

「こんなすぐにいなくなるとは思ってねェよ！」

「ど、どうすんだ⁉　このままじゃ世界貴族が燃やされちまうっ！」

「燃やすのか⁉　あいつ、マジで燃やすのか⁉」

最悪の事態を想定して、おれとスカルはガタガタと震えた。船のコーティングが終わるまで三日。それまで、おれたちはこの島から離れられない。身動きが取れない。だから、その間に余計なトラブルを起こすわけにはいかないのだ。ただでさえ、すでにイスカに見つかっているというのに……。

「くそっ、行くしかねェ！　ここは任《まか》せる！」

ミハールの手から引ったくるようにして財布を受け取ったおれは、エースを追うために船から飛び出した。

船の前には、依然としてどっしりと構えて、なにやら叫んでいるイスカがいた。が、案《あん》の定《じょう》ザルだった。

隅《すみ》のほうから、そそくさとその目をかいくぐると簡単に抜け出せた。おそらくエースも、こうして島に上陸したのだろう。

エースを捜《さが》すため、まずは人通りの多い場所を目指す。

目の前の地面から、時折大きなシャボン玉が舞い上がる。人とシャボン玉を避《よ》けつつ走っていく。足下が土ではなくて根というのは、なんとも不思議な気分だった。丈夫なシャボン玉を利用した乗り物や建物が目に付く。シャボン玉を形成する特殊な樹脂を分泌する根は、大地であると同時に、この島の住人たちの経済をも支えているようだ。島の産業を横目に、繁華街《はんかがい》へと向かう。

しばらくすると、すぐにエースが見つかった。いや、正確には、エースを追うさまざまな飲食店の従業員たちが見つかった。

「食い逃げだあああっ！」

「こっちにいたぞーっ！」

繁華街には、怒号《どごう》が飛《と》び交《か》っていた。通りが、あらゆる飲食店の怒《いか》れる従業員たちで溢《あふ》れている。こんな尋常《じんじょう》ならざる光景は、どう考えても無一文であるエースの仕業《しわざ》だった。

従業員たちが長蛇《ちょうだ》の列をつくって押すな押すなを繰《く》り広《ひろ》げているこの先に、おそらくエースがいるはずだ。が、このままではとてもじゃないが前へ進める状態ではない。早くエースのもとへたどり着かなくてはならないというのに――

意を決したおれは、眼光鋭く前を見据《みす》えた。

「しかたねェ……少し、話し合いが必要なようだ……。どいてもらうぞ……っ！」

軽く肩と拳《こぶし》をほぐしたおれは、そのまま最後尾にいた従業員の肩を摑んだ。

「おい」

おもむろに振り返った強面《こわもて》の従業員を見て、おれは流れるように微笑《ほほえ》みを浮かべた。

「おいくら……ですか？」

そのまま従業員たちに頭を下げ金を払い、頭を下げ金を払いをくり返し、おれは着実に前へ前へと進んでいった。

エースの姿をようやくこの目で確認したのは、シャボン玉を使った多くのアトラクションが並ぶ遊園地——シャボンディパークの観覧車の下でのことだった。

どうやらエースは、敷地内にある屋台の匂《にお》いに誘われてここまで来たらしい。

エースを追いかけていた従業員の最後のひとりに金を払い終えたおれは、息を切らしながらエースのもとへ向かった。

観覧車近くのベンチに座り、あろうことかエースは寝ていた。口の中に大量の食べ物を詰《つ》め込《こ》んだまま、気持ちよさそうに眠っていたのだ。両手には、まだ食べかけの串《くし》焼《や》き肉がしっかりと握られていた。つい先ほどおれが代金を支払ったものだろう。

「メシを食ったら……金を払えっ！」

至極《しごく》当たり前のことを口にしながら、おれはエースの頭に手刀《しゅとう》を叩《たた》き込《こ》んだ。

「んぐっ⁉」

と、頬《ほお》を大量の食べ物で膨《ふく》らませたエースが、目を覚ました。寝《ね》ぼけ眼《まなこ》であたりをキョロキョロと見まわして、口の中のものを一気に呑《の》み込《こ》む。

「ぷはっ、食った……。食ったし走った。あ、走ったからまた腹減ってきたな……」

「一体どうなってんだお前の身体は……」

手に持った串焼き肉も軽々と食べ終え、べつの屋台に向かおうとするエースに、財布を投げてわたす。

「ほらよ、面倒事を起こすんじゃねェよ」

「おれの財布！　……なんか中身減ってねェか？」

「そりゃあ減るだろ」

「………？」

いまいちピンときていない様子のエースを尻目《しりめ》に、おれはやっとひと息ついた。

子供たちの歓声《かんせい》を聞きながら、なにとはなしに観覧車を見上げる。

真下から見上げる巨大な観覧車は、船の上から見たときよりもずっと美しかった。

透明で虹色《にじいろ》に輝くゴンドラが優雅《ゆうが》に、そしてゆっくりと回転しながら陽の光にきらめいていた。

てっぺんまでいけば良い景色だろうなとか、ぼんやりとそんなことを考える。まあ、大の男がひとりで乗るものではないだろう。ましてや海賊が……。

そう思いながら眺《なが》めていると――

「乗りてェのか?」

屋台から戻ってきたエースが、そんなことを。

「おれがか?　観覧車に?　ガキじゃあるまいし……」

鼻で笑って、ついそう答えてしまう。

「乗ったことあんのか?」

「いや、ねェけども……」

「じゃあ、いいじゃねェか。せっかくだし乗ってみようぜ!」

エースが、ポンとおれの背を叩く。

そのままエースに押されるようにして、おれは乗り場へと向かった。しぶしぶといった様子を装《よそお》っていたが、しかし内心、わくわくしていた。

ニコニコと笑顔を絶《た》やさない係員に誘導されてステップを登ると、シャボン玉を加工してつくられたゴンドラが、ゆっくりと近づいてくる。

「ハーイ！　それではシャボンディ諸島の素敵な景色をお楽しみくださ～い！」

係員が扉に手をかけたその瞬間――

「ようやく見つけたぞ……火拳！」

すさまじい剣幕で、イスカが強引《ごういん》にゴンドラの中へと踏み込んできた。

「うわっ、バ、バカお前……！」

おれはそのまま壁際《かべぎわ》まで押し込まれてしまう。

「貴様、コソコソと逃げ回って……！　なんで正面から出てこないっ！」

「お前がいただろうが」

「なにィ？　それでも正面から来い！　男だろ！」

「無茶言うんじゃねェ！」

エースに食ってかかるイスカ。ふたりの口論がはじまったまさにそのとき、ガチヤリと、イスカの背後から嫌《いや》な音がした。

「ん……?」

振り返るイスカ。観覧車の扉が、ロックされていた。

有無《うむ》を言わさず動きだした観覧車。ゴンドラ内は、なんとも居心地の悪い空間だった。どうしてこうなったのだろうとおれは考えていた。

おれはゴンドラの壁際に身を縮こまらせるようにして座っていた。となりに座っているエースは、のんきに窓の外の景色を楽しんでいる。

そんなおれたちと向かい合って、不機嫌《ふきげん》そうにイスカが座っていた。イスカは外の景色には見向きもせず、おれとエースを無言のまま睨《にら》みつけていた。

——降りてェ……っ!

動きはじめてまだ間もないというのに、おれは心の中でそう叫んでいた。

息が詰まりそうだった。なぜ、海軍と海賊がいっしょに観覧車に乗っているのか。外の景色を楽しむどころではなかった。まるで監獄《かんごく》だ。地上はまだなのか。ゆっくりと動く観覧車が、これほど恐ろしいものだとは思いもしなかった。

――早く地上に……いや、待て。地上に着いたらどうなる……？

さすがに狭いゴンドラの中ではやりようがないから、こうしてイスカも大人しくしているのだろうが、地上に着いた途端、なにをするかわかったものではない。

――地上に着いてしまったら、おれたちは一体どうなってしまうんだ……⁉

喘《あえ》ぐように息を吸う。地獄だ。

ゴンドラ内も地上も、どこもかしこも、地獄でしかなかった。

「地面から出たシャボン玉って、上まで行くと消えるんだなー」

おれの苦悩をよそに、エースは能天気に空を見上げていた。先ほどから「へー」だとか「すげェ」だとか、声をあげているのはエースだけだった。

エースよ、お前はなぜそこまで平然としていられるんだ。やつが、イスカが、めっちゃ見ているんだぞ。目から怪光線が出てもおかしくないくらい見ているんだぞ。

あまりの怖さから、おれはイスカのことをまともに見られないでいた。

イスカの眼光を避けるように、なにげなくその手もとに目をやる。

イスカの手には、酷《ひど》いヤケドの痕《あと》があった。はじめて出会った頃にも見たヤケド痕。改めて間近で見ると、ずいぶんと古い傷のようだ。

「気になるか?」

ふいに、イスカが口を開いた。

突然のことに、おれはビクりと身構《みがま》えた。ゴンドラ内に、沈黙が訪れる。

「手のヤケド痕が、そんなに気になるかと訊《き》いたんだ」

ようやく言葉の意味を理解したおれは、もごもごと答えた。

「ああ……。いや、すまん……」

「いいんだ」

イスカが微笑を浮かべる。

「この傷は幼い頃のものだ。私の生まれた村は海賊に襲われてな。村は瞬く間《またたくま》に火の海にされたんだ。そのときの火災に、私の両親は巻き込まれた……」

『火』という単語に、エースが微《かす》かに反応を見せる。が、そのままエースは黙って窓の外に視線を向けていた。

「炎と煙にまかれ身動きが取れなくなってしまった私は、現場に駆けつけたひとりの海軍将校によって助け出された。ドロウ少佐だ……。今では出世して中将《ちゅうじょう》になられたが、その人に憧《あこが》れて私は海軍に入ったんだ」

話しながら、イスカはヤケド痕をそっと指でなでた。

「この手を見るたびに幼い頃の自分を思い出す……。これ以上、私と同じ思いをする子供たちを増《ふ》やしたくはない。だから、悪い海賊はみんな、この私が捕まえてやるんだ」

やさしく微笑むイスカ。彼女にとってヤケド痕は、つらい記憶であると同時に、人生の道しるべのようなものなのだろう。

こんなにも穏《おだ》やかな表情のイスカを見たのは、はじめてのことに思えた。いつもと違い海軍の制服に身を包んでいないから、そう見えるだけなのだろうか。それとも——

「火拳……お前——」

と、話の最後、ふいにイスカがこう切り出した。

「海賊をやめろ」

予期せぬ言葉に、おれは息を呑んだ。

「私には、お前が悪人には思えないんだ……」

ゴンドラ内には、依然としてゆったりとした時間が流れていた。しかし気づけば、パークの子供たちの喧騒《けんそう》は遠いものとなっていた。ゴンドラが、観覧車の頂点に近づいていたのだ。エースは、黙って視線を外に向けたままだった。

「な、なに言ってんだお前……」

おれは目の前の女少尉を、まじまじと見ていた。

「か、海賊をやめて、海賊をやめたら……おれたちは……どうしろって……」

しどろもどろなおれの言葉は、すぐに搔《か》き消えてしまう。

「居場所がないのなら、海軍に来い。私が推薦《すいせん》してやる」

イスカが、意志の強そうな眼で真《ま》っ直《す》ぐエースを見つめていた。

「お前ならきっと、海軍の制服も似合うぞ。お前の仲間たちだって、みんなまとめて面倒みてやる。どうだ？　悪い話じゃないだろう？」

——どうかしている……。

おれは言葉を失っていた。しかし当のイスカは、本気だった。本気で、エースを、そしてスペード海賊団を、海軍に勧誘《かんゆう》していたのだ。

〝偉大なる航路《グランドライン》〟に入って以降、行く先々の島でたびたび対立してきた相手。海軍と海賊は、どう足掻《あが》いても追う者と追われる者でしかないというのに、どんな神経をしていたら、真顔《まがお》でそんな提案ができるのだろう。

いや、度重《たびかさ》なる追走劇のなかで、イスカがエースのことをただの海賊としてでなく、一個人として認めるようになったということなのか。海賊のせいで両親を失い、海賊は悪だというイスカから見ても、エースは悪人には見えないということなのだろう。

エースは、ずっと沈黙を守っていた。

そして——

ガチャリと、聞き覚えのある音がした。

「なあ、開《あ》いちまったんだが……」

エースが、困ったような顔をして振り返った。いつの間にか、ゴンドラの扉のロックがはずれていた。開いた扉から、ゴンドラ内に風が流れ込んでくる。

「おまっ、それ開けちゃダメ――いや、開いちゃダメなやつ！」

観覧車のてっぺんで、ゴンドラの扉が全開になっていた。ずっと窓の外を見ているだけかと思っていたが、どうやらエースはゴンドラの扉をいじくり回していたらしい。

「し、閉めろよっ！　危ねェから！」

おれがそう言うも、エースはすでに座席から腰を浮かせていた。

「いや、腹が減ってきたから、先に降りてる」

「はァ!?」

驚愕《きょうがく》するおれをよそに、エースは開いた扉から身を乗り出す。

「待て。まだ返事をもらっていないぞ」

イスカは冷静だった。腕と脚《あし》を組み、座席に腰を落ち着けたまま微動だにしない。

「海賊をやめて海軍、か……。それはできねェ相談だ」

振り返ったエースの瞳は、いつか見た海の底のような色をたたえていた。

だが、それも一瞬のことだった。すぐにエースはいつもの陽気な笑顔を浮かべると、

「またな、イスカ」

そう言って、そのまま外へ飛び出していった。すぐ近くにあった下降するゴンドラの屋根をひと踏み。すると空中で、エースの身体から炎が噴《ふ》き上《あ》がった。

エースは、まるで階段を降りるかのように、つぎつぎと下降するゴンドラの屋根を蹴《け》っては飛んでいった。なんともダイナミックな降り方だった。

やがて、地上に着いたエースが片手をあげた。そのまま去っていくエースの後ろ姿を、おれとイスカは無言のまま見送る。おれたちの乗ったゴンドラは、頂上を通り過ぎ、ようやく下降しはじめていた。

「……どうすんだ？」

沈黙に耐えかねて、口を開く。

「どうするって？」

「エースは、海賊をやめねェ。おれたちスペード海賊団も、そんなエースについていく。だからこれから先も、エースとおれたちは、ずっとあんたの敵でしかねェってわけだ」

「そうなるな……」

少しだけ残念そうに、イスカが答えた。

「このまま……おれを人質にするか……？」

もちろんそんなことをしてほしくはないのだが、気づけばそう訊ねていた。

「そうすれば、エースは逃げずに、きっと助けに来てくれる。あいつはそういうやつだ」

そんなおれの言い分に、イスカが苦笑を浮かべた。

「正義の味方が人質なんてとるか。バカ野郎」

そして、

「そういうやつだから、仲間にしたいんだがな……」

ぽつりとそうつぶやいた。

ゴンドラはゆっくりと下降していく。間もなく、観覧車の旅が終わろうとしていた。

地上が近づいてきたところで、イスカがわざとらしくそっぽを向いた。

「ひとまず出直してこよう。今日のところは見逃《みのが》してやる……」

それにな、とイスカが続ける。

「実は今日は休みでな。旅行中だったんだ」

「ああ、知ってた」

私服のイスカを残して、おれは観覧車をあとにした。

船のコーティングが終わるまでの間、エースは島中を食べ歩いてまわっていた。

船には戻らず、束《つか》の間《ま》の陸《おか》での生活を満喫していた。

スペード海賊団の面々も、各々《おのおの》が思い思いの三日間を過ごしているようだった。

ミハールは、コーティング作業の間も相変わらず船から出てこなかった。

スカルは、船を代表してコーティングに立ち会っていた。

これを機に、船の修理、設備の整備や、掃除をする者もいた。

新世界に向けて備品や食料、あるいは武器などの買い出しをする者に、コタツとともに一日中寝ている者、派手にバカンスを満喫する者、わざわざ裏路地を歩き回り、積極的に『海賊狩り』狩りをする者など、それぞれの三日間はあっという間に過ぎていった。

すっかりエースの財布係になってしまったおれは、エースといっしょに島中を歩き回るハメになっていた。それだけならまだしも、高額な懸賞金がかかっているエースは、歩くたびに賞金稼ぎだの名を上げたい海賊だのに襲われていた。

無論、エースは難なくそういった有象無象《うぞうむぞう》を蹴散らしては食事を楽しんでいた。

賞金首であるエースが船に戻らなかったのは賢《かしこ》い選択といえた。エースを狙《ねら》う連中に、わざわざコーティング中の船の場所を教えてやる義理はないからだ。

もっとも、エースはそんなことは一切《いっさい》考えず、ただ目の前にある店に入っていただけなのだろうが……。

そして、三日目――

間もなく、船のコーティングが終わろうとしていた。初日以来、イスカの姿を見ていなかった。休暇が終わり帰ったのだろうか。いや、おそらくは部下を引き連れてまた出てくるはずだ。そう考えると、出航するのが憂鬱《ゆううつ》だった。

この日も、エースは食べ歩きを続けていた。イスカが言っていた『グラせん』を特に気に入ったようで、両脇《りょうわき》に抱《かか》えるほど買い込んでいた。

バリバリと小気味よい音を立てながら消費されていくグラせん。本来はお土産用として箱詰めされているグラせんが、買ったその場で開封され貪《むさぼ》り食《く》われていた。

「何箱食うんだ……」

呆《あき》れ声《ごえ》をあげながら、おれはエースとともに歩いていた。

「もっと買っときゃよかった……。これじゃあ腹いっぱいにならねェ」

すでに飽《あ》きるほど食べているように思えたが、エースはまだ不満そうだった。

それというのも、グラせんを買っている最中に、エースの首を狙う賞金稼ぎたちの邪魔が入ったからだ。突然の乱入により、逃げるように支払いを済《す》ませたおれたちだったが、そんなこともあり、エースとしてはまだ買い足《た》りなかったようだった。

もっとも、賞金稼ぎ側からしても、まさか標的である賞金首が堂々と観光地で土産物を購入しているとは思わなかったのだろう。が、有名になりすぎるのも考えものだ。

その後も、今日だけですでに数組。見るからに柄《がら》の悪い連中が絡《から》んできたのだが、エースは特に問題もなく全員撃退していた。だが、そういった連中と揉《も》めているうちに、気づけばおれたちは、中心街から外《はず》れたスラムのような地域に迷い込んでしまっていた。

活気のある中心街とは打って変わって、陰鬱《いんうつ》な雰囲気の場所だった。あたりにはゴミが散らばり、廃墟《はいきょ》のような建物ばかりが目に付いた。

「腹減ってきた……。グラせん売ってねェかな……」

まだ両手にいくつも抱えているというのに、エースはそんなことを口にしながら周囲を見まわしていた。ただ、見るからに治安《ちあん》が悪く、間違っても観光客が足を踏み入れないであろうこの場所には、少なくともグラせんを売る店などありはしないだろう。

店どころか人通りもないスラムの一角。うろついているおれたちは相当目立っていることだろう。崩《くず》れた建物の影には、こちらの様子を窺う幼い子供たちの姿があった。ここで暮らす子供たちのようだ。

するとエースが、近くにいた子供たちに手招きをした。

恐る恐る寄ってくる子供たちに、エースは持っていたグラせんをつぎつぎと手渡した。

子供たちが、途端に笑顔になる。グラせんを大事そうに抱えて駆けていく。陰鬱に思えた路地裏が、ほんの少しだけ柔らかな雰囲気になったような気がした。

抱え込んでいたすべてのグラせんを渡してしまったエースに、おれはあえて訊ねた。

「いいのか、エース?」

「ああ。よく考えたら、腹いっぱいだった」

子供たちを見送るエースを見て、おれもまた笑《え》みを浮かべていた。

そろそろ船に戻ろうとして帰り道を探していたときのことだった。

「げっ、今かよ……」

路地からスラムに向かってきた人影を見て、おれは思わずうめき声をあげた。

スラムにはあまり似つかわしくないように思える白いコートをなびかせ、イスカがやって来たのだ。今日はちゃんと、海軍の制服に身を包んでいる。すなわち、仕事としてここに来たのだ。来るならこのあとの船出のときを狙うだろうと予想していただけに、意外な場所での出会いに思えた。

「へえ、今日はふたりだけなんだな……」

エースが、物珍しそうにつぶやいた。イスカの後ろには、いつも連れている部下たちではなく、将校の制服を着た男がひとりいるだけだったからだ。

それも、イスカと同じ、背中に『正義』を背負った海軍のコート。

「待て。今日は話し合いに来たんだ」

身構えたおれたちに向けて、イスカが声をあげる。路地を抜け、そのままスラムの一角に入ってきたイスカと男は、武器を手にとるでもなく、おれたちと向かい合った。

「喜べ火拳、いい話だぞ！」

イスカが目を輝かせていた。そして、となりの男を紹介する。

「ドロウ中将だ。幼い頃、私を救ってくれた恩人だ」

「イスカ少尉、手短にいこう」

ドロウと呼ばれた男が前に出た。背はエースよりも頭ひとつ分ほど高いくらいだったが、だいぶガタイがいい。そのため、目の前に立たれると見た目以上に威圧感のある、まさに巨漢と表現するにふさわしい男だった。

「火拳のエース、貴様宛《あ》てだ」

ドロウは懐《ふところ》から一通の書簡を取り出すと、それを広げて見せた。

そこには——

「し、七武《しちぶ》海《かい》……っ⁉」

目の前の文字に、おれは我《わ》が目を疑った。

世界政府から発行された書簡。そこには、世界政府の最高権力者である五老星《ごろうせい》が、エースを王下《おうか》七武海に推薦しているという驚きの内容が書かれていたからだ。

王下七武海といえば、〝偉大なる航路《グランドライン》〟において知らぬ者はいない一大勢力。海賊でありながらその存在を世界政府に認められた者たちだ。

他の海賊への抑止力としての意味合いが強い政府公認の海賊――七武海には、なによりも強さや知名度が求められる。そんな七武海に、エースが推薦されているというのだ。

「どうだ、いい話だろう？　これなら、海賊をやめなくても済むぞ！」

イスカが、嬉《うれ》しそうにそんなことを言った。観覧車の中で、エースは海賊をやめるつもりはないとイスカの話を断《ことわ》った。だが、確かに王下七武海ならば、海賊でありながら政府に与《くみ》し、海軍とも歩調を合わせる立場になれる。

なにせ、七武海に加入すれば、政府からは恩赦《おんしゃ》が与えられ、指名手配もされず、決められた額を政府に納め続けてさえいれば海賊であることが公《おおやけ》に認められるのだから。

しかし――

「七武海か。ごめんだな」

あっさりと、エースは勧誘を断った。即決だった。

「な、なぜだ……っ？　この提案さえ受け入れてくれれば、もう海軍にだって追われなくなるんだぞ？」

イスカは驚きを隠しきれない様子だった。確かにこれは、イスカの言うように悪い話ではない。むしろ、七武海の肩書きなど、喉《のど》から手が出るほどほしい者たちだってたくさんいるはずだ。望んでなれるものではない。それをエースは、躊躇《ためら》うことなく蹴ったのだ。

「悪《わり》ィが、そもそも七武海っつー制度自体が、どうも気に入らねェ」

「そんな……っ！」

まさか断られるとは思っていなかったのだろう、イスカはあからさまに狼狽《うろた》えていた。だが、そのとなりに立つドロウは、眉《まゆ》ひとつとして動かしていなかった。それどころか、静かに笑みを漏らしていた。

「奇遇だなエース。実はおれも、常々《つねづね》貴様と同じことを考えていたんだ……」

低い声で、ドロウが笑う。そして、持っていた書簡を真っ二つに破り捨てた。

「中将、なにを……っ!?」

「海賊なんて、飼い慣らしたところでなんの役にも立たん。さっさと処分しちまったほうがいいのさ。なあ、エース？」

つぎの瞬間、ドロウが拳を振り上げていた。

「フンッ！」

轟音《ごうおん》とともに、ドロウの拳が空《くう》を切った。拳は、つい今しがたまでエースが立っていた場所を、いとも容易《たやす》く穿《うが》っていた。

「へっ、穏やかじゃねェな……」

すんでのところでドロウの攻撃を避《よ》けたエースが、苦々《にがにが》しげにつぶやいた。

「くそっ、話し合いじゃなかったのかよっ！」

おれも慌てて、距離を取る。

「お待ちくださいい中将！　今日は、話し合いだけのハズ……っ！」

「話し合い？　話はもうまとまったろうイスカ少尉？　エースは七武海が気に入らねェ。奇遇なことにおれも七武海が気に入らねェ。そしておれは、七武海だろうがなんだろうが、そもそも海賊が気に入らねェ。おれの目の前で断ってくれて、本当によかったぜ。これで心置きなく、海賊・火拳のエースをぶちのめすことができるんだからなァ！」

　そう言うと、ドロウは海軍のコートを脱ぎ捨てた。

　コートの下から、なんとも奇妙な物体が姿を現わした。ドロウは、両腕に筒状《つつ》の武器を構えていた。バズーカ砲やトンファーに見えなくもないが、筒の後ろから伸びたチューブが、それぞれ両の腰に下げた容器へと繋《つな》がっていた。やたらとガタイがよく見えたのは、腕の下にこの武器を仕込んでいたためか。

「こいつとメラメラの実《み》の能力者とどちらが上か、試してみよう」

　ドロウが、ニヤリと頬を歪《ゆが》める。その瞳は、殺気に満ち満ちてギラついていた。

「逃げよう、エース！」

思わずそう叫んだ刹那《せつな》——

「逃がさねェよ」

筒の先から、激しい炎がほとばしった。火炎放射器だ。チューブの先にあったのは、燃料タンクか。止《と》めどなく放出される炎が、瞬く間におれたちの退路を奪っていく。

あたりは、あっという間に炎に包まれた。建物が燃え、そして、そこで暮らす子供たちから悲鳴があがった。炎にまかれ、身動きが取れなくなってしまったのだ。

「なにしてんだお前えええええええっ!!」

エースが、慌てて子供たちに駆け寄った。ドロウは、そんなエースに照準を合わせる。

「そら、そこだ」

地面を舐《な》めるようにして、炎がエースに向かって噴きつけられた。エースは、両手を広げ、全身で炎を受け止めていた。炎に変えた身体で、浴びせられた炎を相殺《そうさい》する。

「中将っ！　おやめください！」

イスカが、血相を変えてドロウに詰め寄った。

「子供たちが！」

「子供たち？　なにを言っているイスカ少尉。おれは海賊どもを攻撃しているだけだ。やつらが逃げ出さねェようにしているのさ。海賊どもを野放しにしたら、それこそたくさんの子供たちが不幸になるかもしれねェ。違うか、イスカ少尉？」

ドロウは、すでにイスカのことを見てすらいなかった。ただ、真っ直ぐエースを見据《みす》え、一心不乱に炎を浴びせ続ける。

一方、エースは動けないでいた。火炎放射の勢いが強すぎて、もはや前に進むことはできない。だが、後ろに退《ひ》けば、子供たちが炎に呑まれる。このままでは埒《らち》が明かない。

おれはドロウに向かって駆けだしていた。

「うおおおおっ！」

そのまま、横からドロウに組みつく。

「なにをっ……!?」

まさか、いきなりおれが飛びかかってくるとは思ってもみなかったのだろう。ドロウが驚愕の表情を見せる。

間近で熱風に晒《さら》された肌《はだ》が悲鳴をあげる。服が髪が、焦《こ》げ付《つ》いていく。しかし、おれはドロウにしがみついて離れない。すかさず、イスカが子供たちのもとへ駆けていた。

「しっかり、早くこっちへ!」

動けないエースに代わり、イスカが子供たちを逃がしていく。イスカが、崩れかけた建物の隙間に必死に手を伸ばす。その手には、幼い頃のヤケドの痕があった。両親を失ったときも、こうして必死に手を伸ばしていたのだろう。

想像するにあまりある、悲しみと恐怖。どんな気持ちでそれを乗り越え、今、子供たちに手を伸ばしているのだろう。

燃えさかる炎の中で、背中に刻《きざ》まれた『正義』の文字がゆらめいていた。イスカが子供たちを救出したのを横目で確認したおれは、ニヤリと笑みを浮かべた。

これで、エースが動ける――

「貴様……っ！　なにを……しているっ！」

激昂《げっこう》したドロウのひざが、おれの腹にめり込んだ。

「ぐっ……！」

一発、二発、三発……だが、それでもおれは、食らいついて放さない。

「放さねェかっ！」

一際《ひときわ》強い一発をもらい、おれは胃液を吐《は》きながらその場に倒《たお》れ伏《ふ》した。内臓が、揉《も》みくちゃに掻《か》き混《ま》ぜられたかのようだった。呼吸がままならない。火炎放射器から立ちのぼる熱気が、輪をかけて息苦しさを手伝っていた。

だが、すでにおれの役割は終わっていた。激しく咳《せ》き込《こ》みながら、静かに笑う。

「引っこ……抜いてやったぜ……。ざまあみろ……」

「あァ？　なにを言って――」

おれを見下ろしていたドロウが、すぐに異変に気づく。

「燃料タンクか……っ!?」

ドロウが腰に下げていた燃料タンク——そこから伸びているはずのチューブがはずれていた。今や漏れ出した燃料は、ドロウの服にまで沁《し》み出《だ》していた。

おれは、ただ闇雲《やみくも》にドロウにしがみついていたわけではない。火炎放射器に燃料を供給するチューブにしがみついていたのだ。

そして、チューブがはずれ、燃料の供給がなくなった火炎放射器は——

「炎が……！」

ドロウが舌打ちをする。噴き出す炎の勢いが徐々に弱まっていく。それだけではない。別の炎が、真っ直ぐ火炎放射器の炎を押し返しながら、迫《せま》っていた。

エースだった。

エースの拳が、ドロウの顔面に叩きこまれる。激しい炎が、ドロウの顔を包み込んだ。

「ぐわっ」

「デュース、しっかりしろ！」

エースがおれを助け起こそうとする。が、つぎの瞬間、エースの身体は宙に浮いていた。いや、ドロウが、エースの首を締《し》め上《あ》げ、持ち上げていたのだ。

ドロウはうるさいコバエでも追い払うかのように炎を振り払う。無傷だった。

拳は、当たっていた。しかしドロウは、倒れることなく平然と笑っていた。それどころか、メラメラの実によって炎になれるはずのエースを、その手で掴んでいたのだ。

「こいつは……覇気《はき》ってやつか……？」

そう言って、エースが顔を歪めた。

覇気。

それは、長く厳しい鍛錬《たんれん》を経《へ》て開花すると言われている人間に宿る潜在的な力。海軍の強者《つわもの》たちの多くが、この覇気を操《あやつ》る。強力な覇気は、時として能力者をも軽々と凌駕《りょうが》するという。ちょうど、素手で炎を掴むといったように。

「火拳のエース……あまりおれをナメるなよ？　この程度のちんけな炎じゃおれには勝てねェ。てめェ程度の海賊なんざ、新世界にゃあゴロゴロいるんだ」

ドロウの手が、万力《まんりき》のようにエースの首を締め上げる。エースが、バタバタと藻《も》掻《が》く。

「てめェ程度じゃこの先、通用しねェ。楽しい楽しい海賊稼業《かぎょう》はここまでだ。おれが終わらせてやる。正義の引導《いんどう》をくれてやるよ……！」

「へっ、子供を巻き込むやつに……正義とか、言われたく……ねェな……！」

エースが、苦しげにうめいた。

「勘違《かんちが》いするなよ。おれが子供を巻き込んだわけじゃねェ。子供を巻き込んだのは、お前なんだよエース」

ドロウは低い声で、うなるように口にした。

「海賊がいるから、こうなっているんだろうが！　わかるかエース？　お前がいたから、子供たちも被害を受けた。おれはな、海賊を取り締まるために懸命に働いているだけに過ぎん。だがお前は違うだろう？　お前は生きてちゃいけねェんだ。お前が存在しているだけで、多くの罪もない人々が怯《おび》えて暮らすことになるんだ。それを自覚しろ」

その言葉に、エースが押し黙った。エースの力が、徐々に抜けていく。エースの顔に、さっと暗い影がよぎったのをおれは見逃さなかった。

「ふざけた……野郎だ……っ！」

声を張りあげて、おれはまた咳き込んだ。おれはまだ、立ち上がれないでいた。

「エース……違う……そいつの言葉に、耳を貸すな……っ！」

しかしそんなおれの声は、ドロウにかき消されてしまう。

「お前さえいなければ、誰も不幸にはならねェ。そうだろう？　海賊さえいなけりゃあ、おれがこうして火を放ってまわる必要もなくなるんだ」

エースはもう、抵抗するのをやめてしまっていた。絶体絶命に思えたまさにそのとき――

「中将……嘘《うそ》、ですよね……？」

無事子供たちを逃がし終えたイスカが、そこにいた。

「私の村に火を放ったのは……海賊のはずじゃ……」

イスカは、泣いていた。

「だって、あのとき、助けて……くれた……」

「目の前に傷ついた子供が倒れていりゃあ、助けるさ。おれァ、正義の味方だからな」

「私の、両親は……」

「さっきから一体なにを言っているイスカ少尉？　正義のためなら多少の犠牲《ぎせい》は付きものだろう？　たかが数名の民間人が巻き込まれた程度のことで、いちいち騒ぐんじゃない」

その瞬間、イスカは崩れ落ちた。口もとを押さえ、声を押し殺しながら、ぼろぼろと涙をこぼしていた。

ドロウから言わせれば、たいしたことのないたかが数名の犠牲。しかしイスカにとってそれは、生まれ育ったふるさとと、両親だった。

それが、幼い頃より憧れ、信じ続けた正義の姿。あまりにも惨《むご》い結末だった。

漏れ出るイスカの嗚咽《おえつ》を聞きながら、おれは静かに立ち上がった。

「ドロウ……とか言ったな。あんた、あまりエースを怒らせないほうがいいぜ？」

口の中にたまった血を吐き捨てる。すでにエースの身体からは、再《ふたた》び炎がメラメラと溢《あふ》れ出《で》ていた。エースの瞳に、力が戻る。

「なにを言っている？　何度やろうが、おれにこの程度の炎は効《き》かねェと……」

ドロウが、はっとする。服に沁み込んだ燃料が、燃えていた。そのまま、エースは躊躇《ちゅうちょ》することなく燃料タンクに炎を浴びせかけた。

「貴様ァ！」

悲鳴にも似たドロウの声とともに、爆発が起きた。至近距離で、燃料タンクが破裂したのだ。吹き飛ばされ、ようやく自由になったエースはすぐに立ち上がると、ゆっくりとドロウのもとへ向かっていく。

「ぐっ、く、くそっ……」

ドロウが、よろよろと立ち上がる。

爆風と、飛び散った破片による傷をものともせず、エースはドロウと対峙《たいじ》した。

「覇気が使えるあんたには、おれの炎が効かないかもしれない。けどな——」

エースが、拳を振り上げる。ドロウがそれを迎え撃つ。

「怒《いか》りの炎だけは、覇気じゃあ消せねェ」

拳と拳の応酬《おうしゅう》。力と力がぶつかり合う。

「くそっ、なぜだ……なぜ、倒れん！」

しだいに、ドロウが疲弊《ひへい》していく。エースの拳がドロウにダメージを与えていた。

「馬鹿な……貴様……！　貴様も……！」

ドロウの瞳に、驚愕の色が宿る。

「見くびりすぎなんだよ……」

おれは静かにそうつぶやいた。ドロウは、あまりにもエースのことを、知らなすぎた。

そもそもエースは、たとえ能力なんてなくても、めちゃくちゃ強いということを。

そしてエースが、戦いのなかで常《つね》に成長し、強くなるということを。

「ぐはっ……！」

エースの拳を受けて、ドロウがよろめく。もはや、エースの攻撃は完全にドロウを圧倒していた。

「ありえん……なぜだ……なぜ……」

ドロウが、息を切らし、苦痛に顔を歪ませる。

「なぜ貴様が、覇気を使っているんだああああ！」

「さあな……知るかよっ！」

エースの腕から、炎がほとばしる。炎を推進力に変えたエースの拳は、さながら尾を引く流星のようだった。それは決して燃《も》え尽《つ》きることなく、ドロウ目がけて突き出されていた。その瞬間、互いの拳が交差した。

エースの頬に、ドロウの拳が叩きこまれていた。

音が鳴るほどに力強く、エースが歯を食《く》い縛《しば》った。その脚が、ガクガクと揺れる。

しかし――

「クソが……気に入らねェ……」

崩れ落ちたのはドロウだった。エースの拳もまた、ドロウの頬に強烈な一撃を浴びせていた。

「奇遇だな……。おれも、同じ意見だ」

気を失ったドロウに向かってそう口にすると、エースがふらついた。おれは慌ててエースを支える。つい先ほどエースがおれに肩を貸そうとしていたというのに、逆になってしまった。

「海軍中将をぶちのめすとは、さすがだな……」

「たいしたことねェこんなやつ……」

ハァハァと息を切らせながら、エースが笑みを浮かべた。

「早いところ船に戻るぞ……海軍に船を囲まれちまう……」

おれがそう言うも、エースは躊躇《ためら》っていた。

すでに、燃え広がっていた炎は鎮火《ちんか》に向かっていた。じきに、スラムは何事もなく日常へと戻っていくはずだ。

そのなかにおいてただひとり、イスカだけは、もう元には戻れないでいた。

あのとき――

ドロウは、エースと戦うために『正義』と刻まれたコートを投げ捨てていた。

イスカは、『正義』の文字を背負って、子供たちの命を救っていた。

それが答えだった。

本来であるならば、彼女ほど海軍に向いている人間はいないのではないだろうか。だが、現実はそうならなかった。もはや、海軍に彼女の居場所はないのかもしれない。そんなことを考える。彼女が海軍に入った理由が、たった今、音を立てて崩れ去ったからだ。

信じていたものに裏切られ、絶望のままひざをつき、うな垂《だ》れているイスカを、このままにはしておけなかった。

「イスカ……おれの船に乗れ……！」

エースが、そう切り出した。

「もちろん、お前を海賊なんかにはさせやしねェ。賞金稼ぎになるんだ。お前は強《つえ》ェし、ちょうどいいだろ？　そんで、ずっとおれの首を狙えばいい。同じ船の上で……」

そう言って、エースが手を差し伸べた。涙を拭《ぬぐ》い、鼻を啜《すす》り、イスカは笑った。

「バカ野郎……。火拳お前、賞金稼ぎと標的が、手を取り合ってどうする」

「そうだな」

エースが、ニカッと笑う。そのまま、エースは自分の手をぐっと握りしめた。

「行こう」

スラムから飛び出したおれたち三人は、シャボン玉舞う街をひた走った。

すでに港や沖合には、大量の軍艦が並んでいた。おれたちの出航を阻止《そし》するために集まったものだ。どうやら海軍は、なにがなんでもエースを新世界に行かせたくないらしい。

裏道を抜け、海兵たちの目を盗み、おれたちは島を縦横無尽《じゅうおうむじん》に走り回った。エースの食べ歩きが、こんなところで役に立つとは思わなかった。おれたちは人目に付かない道を選んで進むことができた。

早く船に戻らなければならない。

しかし、今から船を動かしていたのでは、おそらくもう間に合わない。ぐずぐずしていては、船が沖に出た途端、瞬く間に包囲されてしまうだろう。逃げきるためには、すでに船は出航の準備を終え、動き出していなければならなかった。

だが、おれもエースも、なにひとつとして心配していなかった。

スペード海賊団なら、きっとすでに船を動かしている。ふたりとも、そう信じていたからだ。だから、コーティング作業を行った場所には向かわない。そこにはもう、船はないはずだからだ。そこに残っているようでは、どのみち先はない。

ならば、船が進むべき場所。おれたちが乗り込める場所はどこか？

「この先に小さな岬がある。そこしかない！」

「だな！」

おれたちはそう確信していた。なぜならば、地図のその場所こそが、スカルの描いた髑髏マークがあったところだったからだ。

茂《しげ》みを抜けると、開けた場所に出た。岬だ。船は――

目の前にあったのは、青い海だけだった。いや、

「エース船長！」

「遅《おせ》ェぞ、エース！」

一拍ののち、船が現れた。甲板から、歓喜の声がわきあがる。すでに仲間たちが、

船を出航させてくれていた。

「旦那たち、早く！」

スカルが、手を振って合図する。止まる暇はない。飛び移れということだ。勢いを付けて、おれは船に飛び移る。

「エース、急げ！」

その間にも、船は止まることなく進んでいく。少しでも速度をゆるめたら、海軍の軍艦に追いつかれてしまうからだ。

「ああ、いくぜ。イスカ」

そう言って、エースが飛んだ。エースだけが、飛んでいた。

「なんで……っ⁉」

エースが、目を見開いた。イスカは、そのまま岬に残っていた。

「これでも、まだ私は海軍少尉なんだ……。いっしょには、行けない」

ひとり岬に残ったイスカが、力なく微笑んだ。

「なんでだよっ！」

エースは、飛び移った船の縁《へり》に詰め寄るも、岬との距離がしだいにひらいていく。

「死ぬなよ、エ、ー、ス、。ありがとう」

イスカとの距離が、ひらいていく。船は止まらない。止めることはできない。

「手を、繋いでおけば、よかったのか……？」

その場でうな垂れたエースが、ぽつりとつぶやいた。

「でも、しょうがねェじゃねェか……。おれじゃあ、あいつの手を握ることもできねェ。おれは海賊で、この手は炎になるんだからよ……」

エースが、ぐっと帽子を目深《まぶか》にかぶる。

「エース……お前……」

かける言葉がなかった。

エースには、常々、自分は愛されてはいけない存在なのだと思っているような節《ふし》があった。それを突きつけられたとき、エースの顔に、瞳に、すっと暗い影が宿るのだ。

だが、きっと彼女は、イスカはそうは思っていなかった。

イスカだけではない。

エースだけが、それに気づいていないのだ。


エースは、太陽のような男だった。

誰もが、エースのことを慕《した》っていた。敵だって、エースには一目置いていた。エースは、いつだって皆の中心だった。

だが太陽は、眩《まぶ》しすぎるがゆえに、いつもひとりきりだった。誰も、誰にも寄り添うことができないでいた。なぜなら、となりに立てば、燃えてしまうから。

エースはおれたちの居場所をつくってくれた。だがおれたちは、果たしてエースの居場所になれているのだろうか。あるいはこの先、新世界で、エースが心の底から穏やかに笑える居場所を、いっしょに見つけてやることができるのだろうか。

答えはまだ、わからない。今はただ、前へ進むしかなかった。

海軍の艦隊は、すでに目前へと迫っていた。

降りそそぐ砲弾が、轟音をあげながら海を叩いた。立ち上がる幾本もの水柱《みずばしら》が、崩れてはまた現れる。水飛沫《みずしぶき》が雨のように甲板に降りそそぐ。

再び轟音。今度は、砲弾ではなかった。

エースの火拳が、道を切り開いていた。

「いくぞ、野郎どもっ！」

エースが、乗組員全員に聞こえるように声を張りあげた。たとえどんな別れがあろうとも、船長としてエースは戦い続けなければならなかった。

船は、海軍の追っ手を振り切りながら魚人島を目指して遥か海の底へと突入していく。

海面から差し込む陽の光が届かなくなると、あたりには一面の闇《やみ》だけが残った。

深い海の中、光も届かぬその場所で、エースはただひとり野心を燃やし続けていた。

目指すは〝新世界〟。狙うは白《しろ》ひげ。

今現在、もっとも〝ひとつなぎの大秘宝《ワンピース》〟に近いとされる男の首ただひとつ。

船は、ゆっくりと闇の中に沈んでいった。

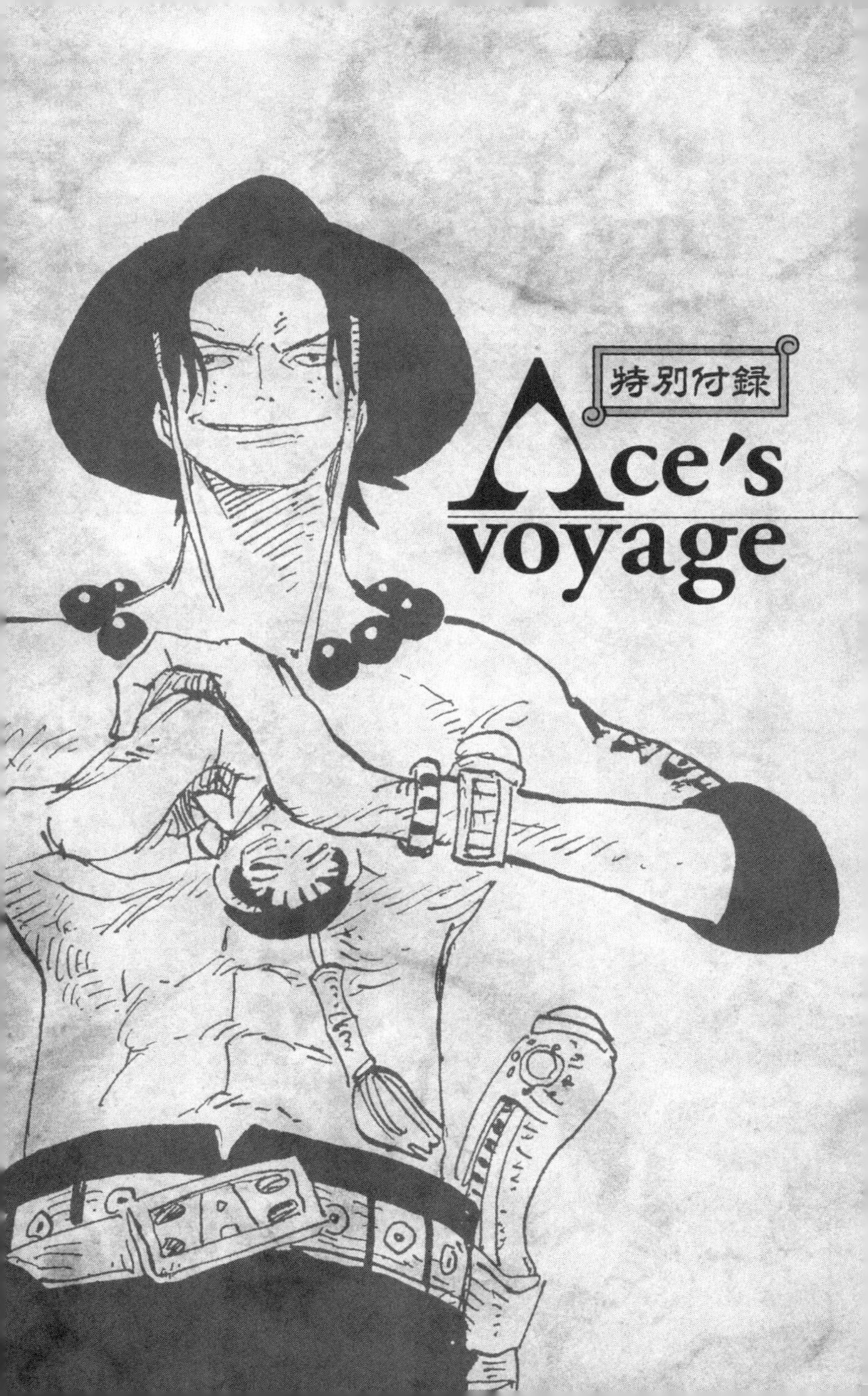
特別付録
Ace's
voyage

本書でわかった

衝撃的新事実

知られざる過去やスペード海賊団の仲間など、新情報が今回たくさん判明したね！
エースの基本データとともに、ファン垂涎のお宝情報をドンとおさらいするぞっ!!

メラメラの実《み》は拾いものだった!!

無人島〝シクシス〟でたまたま発見。悪魔の実とは知らずに空腹のデュースと分け合い、先に実をかじったエースが能力を手にした。

デュースとの共作！愛船〝ストライカー〟

メラメラの実による炎を動力とする、デュース作のシクシス脱出船。アラバスタ海上でルフィと再会した時にも乗っていた、エースの相棒だ！

Portgas.D.Ace
ポートガス・ディー・エース

年齢▶20歳　誕生日▶1月1日
星座▶やぎ座　身長▶185cm
出身▶〝南の海《サウスブルー》〟バテリラ
所属▶スペード海賊団➡白ひげ海賊団
懸賞金▶5億5000万ベリー
悪魔の実▶メラメラの実
※DATAは頂上戦争時のもの。

シャボンディ諸島《しょとう》で〝七武海《しちぶかい》〟加入を却下!!

ルフィたちと同じように、シャボンディ諸島の銘菓に夢中だったエース。そこへ海軍から七武海勧誘のしらせが届いたが、キッパリと断った!

スペード海賊団の頼もしい仲間たち

自分の事を受け入れてくれたエースを心から慕い、また、エースも仲間たちを誰よりも大切に思っている。海で瞬く間に頭角をあらわしたのも、その信頼関係あってこそ。

◀次ページから尾田栄一郎秘蔵設定画集を特別収録!!

エースの最初の仲間となった、仮面の男。『ブラッグメン』のような冒険記を書くことが夢で、デュースという名は、エースにつけられたペンネームだ。

本来の職業は教師で、仲間たちからは〝先生〟と呼ばれる。ひきこもり気質だが、狙撃技術は抜群。

海賊船へ潜り込むほどの海賊マニア。豊富な知識を見出されスペード海賊団の情報屋として活躍。

密猟者の罠から助けたことで、仲間になる。見た目に反して声がかわいい。

ガンリュウ
オッサモンド
ダッキー・ブリー
手長族
セイバー
バリー
フィナモレ

クーカイ
サムライ
ピストル
アギー68
68
ウォレス
魚人
キメル
バンシー
ドギャ
レオネロ
コーネリア
ウブロ

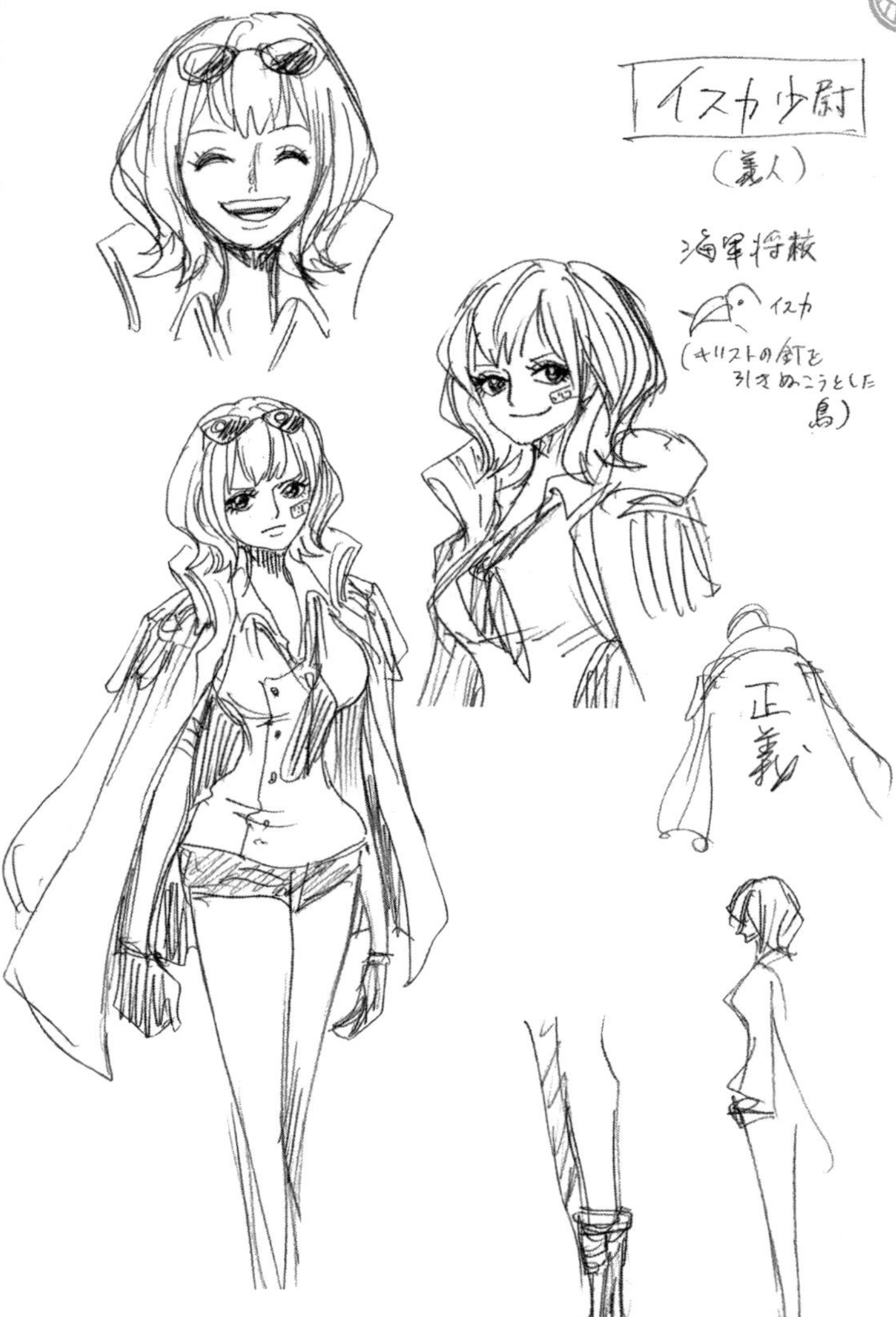

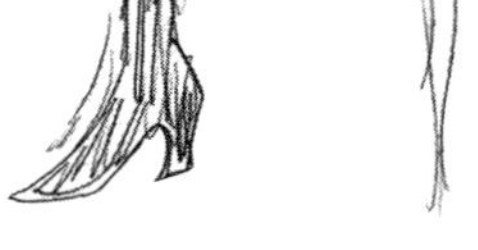

エース捕縛に燃える女性将校。幼い頃の火災で両親を失うも、火中から自分を救ってくれた海兵に憧れて海軍入隊。手にはその時のヤケド痕が残っている。

デュースが教える ポートガス・D《ディー》・エースの足跡

エースの右腕・デュースが聞いた壮絶な生い立ちとは？

エース誕生

知っての通り、エースはあの海賊王ゴールド・ロジャーの息子だ。初めて聞いた時には驚いちまったな…。確かにエースは王の資質を持ってるような気がするぜ。本人は父親と比べられることを嫌っているようだがな。

➡⬆〝ポートガス〟の名を持つ母は、海軍の捜査網を欺き出産。ガープに看取られながら死亡した。

コルボ山へ

生まれてすぐ、コルボ山ってとこに住んでる山賊のダダンの元に、エースは預けられた。あいつが言うには、事あるごとに町で暴れまくってたんだとよ。今でもガキみたいな所があるあいつだが、その仮親もかなり手を焼いてたことだろうなァ。

➡⬇ガープの手引きで仮親へ。⬅〝鬼《おに》の子〟であることは、大きな悩みだった。

サボと友達に

サボって友達と出会ったのは、5歳くらいの頃だったって言ってたな。年の近かった二人は意気投合し、チンピラから金を巻き上げてたそうだ。あいつが言うには、海賊になるための資金集めだったんだとさ。

⬆⬅エースとサボの悪名は、いつしかゴア王国のスラムでも知らぬ者はいないほどに。

ルフィが加わり盃をかわす……

自分が10歳の頃にルフィが来たんだって、あいつは楽しそうに話してたな。海賊に捕まっても、隠してた宝の事を黙り続けたルフィを、サボと一緒に助けたそうだ。それから絆を深めていき、三人で兄弟盃《きょうだいさかずき》を交わしたって話だぜ。

⬆ルフィだけ3つ下。三兄弟の固い絆は、決して切れない!

➡サボもダダンの住居へ。三人は常に一緒に過ごすようになる。

サボ、死亡……

⬆初めてできた大親友の訃報…。サボからの手紙を読んだエースは、人目を避けて涙を流した。

⬇亡き兄弟の意思を継ぎ、この海で誰よりも自由な海賊になると誓う。

だがサボは貴族の出で、親に脅され、家に戻されちまったらしい。家出するほどとは…おれもわかるが、縛られた息苦しい生活だったんだろう…。そしてサボは海へ出て天竜人《てんりゅうびと》から撃たれてしまった。エースはこの事を随分後悔してたようだぜ…。

17歳で海へ……

それから7年、ルフィと一緒に修行したそうだ。熊と戦って死にかけたって話だが、まァあいつはそれくらいじゃ死なねェよな。そして17歳になったあいつは〝大海賊〟になるため海に出た。

⬆故郷のフーシャ村に残ったルフィにも、スペード海賊団の近況は届いていた。

エースの旅は続く!!

旗を掲げ

名を上げて

そして——!!!

わしは「白《しろ》ひげ海賊団《かいぞくだん》」でもありゃあせんが…
義理《ぎり》あって…お前《まえ》さんの相手《あいて》をする

ギラ!!

錠《じょう》も枷《かせ》もつけずに………
おれを船《ふね》に置《お》いていいのか……!?

ん?

………嬉《うれ》しいんだなァ…
ただの言葉《ことば》でも嬉《うれ》しィんだ
………………!!!

海賊の〝高み〟――

裏切り…。

エース冒険譚、新世界へ突入!!

ONE PIECE novel A《エース》 2

新世界篇

ONE PIECE novel A エース ①

スペード海賊団結成篇

尾田栄一郎

熊本県出身。
1997年「週刊少年ジャンプ」34号より『ONE PIECE』を連載開始。

ひなたしょう

2008年『俺がメガネであいつはそのまま』でジャンプ小説新人賞金賞受賞。『ヒキコモリパワード　メタルジャック！』でデビュー。他にも数々のノベライズを手がける。

初出／『ONE PIECE magazine』Vol.1～3

2018年4月9日　第１刷発行
2021年6月6日　第11刷発行

著　者　**尾田栄一郎**
　　　　ひなたしょう

編　集　**株式会社**
　　　　集英社インターナショナル
　　　　〒101-8050
　　　　東京都千代田区一ツ橋2-5-10
　　　　TEL 03-5211-2632

装　丁　**石野竜生**（Freiheit）

編集協力　**藤下元気、渡辺真光**（オムカレー）
　　　　添田洋平（つばめプロダクション）

編集人　**千葉佳余**

発行人　**北畠輝幸**

発行所　**株式会社 集英社**
　　　　〒101-8050
　　　　東京都千代田区一ツ橋2-5-10
　　　　TEL 03-3230-6297（編集部）
　　　　　　03-3230-6080（読者係）
　　　　　　03-3230-6393（販売部·書店専用）

印刷所　**中央精版印刷株式会社**
　　　　株式会社太陽堂成晃社
　　　　株式会社美松堂

ISBN978-4-08-703445-5　C0093
検印廃止